천년의 우리소설 4

기인과 협객

千년의 우리소설 4
기인과 협객

박희병·정길수 편역

2010년 6월 28일 초판 1쇄 발행
2024년 8월 26일 초판 3쇄 발행

펴낸이 한철희 ∣ 펴낸곳 돌베개 ∣ 등록 1979년 8월 25일 제406-2003-000018호
주소 (10881) 경기도 파주시 회동길 77-20 (문발동)
전화 (031) 955-5020 ∣ 팩스 (031) 955-5050
홈페이지 www.dolbegae.co.kr ∣ 전자우편 book@dolbegae.co.kr

책임편집 이경아·이옥란 ∣ 편집 조성웅·좌세훈·소은주·권영민·김태권·김혜영
표지디자인 민진기디자인 ∣ 본문디자인 이은정·박정영
제작·관리 윤국중·이수민 ∣ 마케팅 심찬식·고운성
인쇄 한영문화사 ∣ 제본 경인제책사

ISBN 978-89-7199-392-7 04810
ISBN 978-89-7199-282-1 (세트)

이 도서의 국립중앙도서관 출판시도서목록(CIP)은 e-CIP 홈페이지
(http://www.nl.go.kr/cip.php)에서 이용하실 수 있습니다.(CIP제어번호: CIP2010002131)

천년의 우리소설 4

기인과 협객

박희병 · 정길수 편역

돌베
개

간행사

이 총서는 위로는 신라 말기인 9세기경의 소설을, 아래로는 조선 말기인 19세기 말의 소설을 수록하고 있다. 즉, 이 총서가 포괄하고 있는 시간은 무려 천 년에 이른다. 이 총서의 제목을 '千년의 우리소설'이라 한 이유가 여기에 있다.

근대 이전에 창작된 우리나라 소설은 한글로 쓰인 것이 있는가 하면 한문으로 쓰인 것도 있다. 중요한 것은 한글로 쓰였는가 한문으로 쓰였는가 하는 점이 아니다. 오늘날의 관점에서 볼 때 그런 것은 그다지 중요하지 않다. 정말 중요한 것은 문예적으로 얼마나 탁월한가, 사상적으로 얼마나 깊이가 있는가, 그리하여 오늘날의 독자가 시대를 뛰어넘어 얼마나 진한 감동을 받을 수 있는가 하는 점일 터이다. 이 총서는 이런 점에 특히 유의하여 기획되었다.

외국의 빼어난 소설이나 한국의 흥미로운 근현대소설을 이미 접한 오늘날의 독자가 한국 고전소설에서 감동을 받기란 쉬운 일

4

이 아니다. 우리 것이니 무조건 읽어야 한다는 애국주의적 논리는 이제 더 이상 통하지 않는다. 과연 오늘날의 독자가 『유충렬전』이나 『조웅전』 같은 작품을 읽고 무슨 감동을 받을 것인가. 어린 학생이든 혹은 성인이든, 이런 작품을 읽은 뒤 자기대로 생각에 잠기든가, 비통함을 느끼든가, 깊은 슬픔을 맛보든가, 심미적 감흥에 이르든가, 어떤 문제의식을 환기받든가, 역사나 인간에 대한 이해를 증진시키든가, 꿈과 이상을 품든가, 대체 그럴 수 있겠는가? 아마 그렇지 못할 것이다. 그럼에도 이런 종류의 작품은 대부분의 한국 고전소설 선집 속에 포함되어 있으며, 중고등학교에서도 '고전'으로 가르치고 있다. 그러니 한국 고전소설은 별 재미도 없고 별 감동도 없다는 말을 들어도 그닥 이상할 게 없다. 실로 학계든, 국어 교육이나 문학 교육의 현장이든, 지금껏 관습적으로 통용되어 온 고전소설에 대한 인식을 전면적으로 재검토해야 할 시점에 이르렀다. 이 총서는 이런 문제의식에서 출발한다.

이 총서가 지금까지 일반인들에게 그리 알려지지 않은 작품들을 많이 수록하고 있음도 이 점과 무관치 않다. 즉, 이는 21세기의 한국인들에게 어필할 수 있는 새로운 한국 고전소설의 레퍼토리를 재구축하려는 시도인 것이다. 이 점에서 이 총서는 그렇고 그런 기존의 어떤 한국 고전소설 선집과도 다르며, 아주 새롭다. 하지만 이 총서는 맹목적으로 새로움을 위한 새로움을 추구하지는 않았으며, 비평적 견지에서 문예적 의의나 사상적·역사적 의의가 있는 작품을 엄별해 수록하였다. 그리하여 우리는 이 총서를 통해, 흔히 한국 고전소설의 병폐로 거론되어 온, 천편일률적이라든가, 상투적 구성을 보인다든가, 권선징악적 결말로 끝난다든가, 선인과 악인의 판에 박힌 이분법적 대립으로 일관한다든가, 역사적·현실적 감각이 부족하다든가, 시공간적 배경이 중국으로 설정된 탓에 현실감이 확 떨어진다든가 하는 지적으로부터 퍽 자유로운 작품들을 가능한 한 많이 독자들에게 소개하고자 한다.

그러나 수록된 작품들의 면모가 새롭고 다양하다고 해서 그것으로 충분한 것은 아닐 터이다. 한국 고전소설, 특히 한문으로 쓰인 한국 고전소설은 원문을 얼마나 정확하면서도 쉽고 유려한 현대 한국어로 옮길 수 있는가의 여부에 따라 작품의 가독성은 물론이려니와 감동과 흥미가 배가될 수도 있고 반감될 수도 있다. 이 총서는 이런 점에 십분 유의하여 최대한 쉽게 번역하기 위해 많은 고심을 하였다. 하지만 쉽게 번역해야 한다는 요청이, 결코 원문을 왜곡하거나 원문의 정확성을 다소간 손상시켜도 좋음을 의미하지는 않는다. 이런 견지에서 이 총서는 쉬운 말로 번역해야 한다는 하나의 대전제와 정확히 번역해야 한다는 또 다른 대전제—이 두 전제는 종종 상충할 수도 있지만—를 통일시키기 위해 많은 노력을 기울였다.

한국 고전소설에는 이본異本이 많으며, 같은 작품이라 할지라도 이본에 따라 작품의 뉘앙스와 풍부함이 달라지는 경우가 비일비재하다. 그뿐 아니라 개개의 이본들은 자체 내에 다소의 오류를 포함하고 있다. 따라서 하나하나의 작품마다 주요한 이본들을 찾아 꼼꼼히 서로 대비해 가며 시시비비를 가려 하나의 올바른 텍스트, 즉 정본定本을 만들어 내는 일이 대단히 긴요하다. 이 작업은 매우 힘들고, 많은 공력功力을 요구하며, 시간도 엄청나게 소요된다. 이런 이유 때문이겠지만, 지금까지 고전소설을 번역하거나 현대 한국어로 바꾸는 일은 거의 대부분 이 정본을 만드는 작업을 생략한 채 이루어져 왔다. 하지만 정본 없이 이루어진 이 결과물들은 신뢰하기 어렵다. 정본이 있어야 제대로 된 한글 번역이 가능하고, 제대로 된 한글 번역이 있고서야 오디오 북, 만화, 애니메이션, 드라마, 영화 등 다른 문화 장르에서의 제대로 된 활용도 가능해진다. 뿐만 아니라 정본에 의거한 현대 한국어 역譯이 나와야 비로소 영어나 기타 외국어로의 제대로 된 번역이 가능해진다. 이런 점에서 본다면 작금의 한국 고전소설 번역이나 현대화는 대강 특정 이본 하나를 현대어로 옮겨 놓은 수준에 머무는 것이라는 한계를 대부분 갖고 있는바, 이제 이 한계를 넘어서야 할 시점에 이르렀다. 이 총서에 실린 대부분의 작품들은 2년 전에 내가 펴낸 책인 『한국한문소설 교합구해校合句解』에서 이루어진 정본화定本化 작업을 토대로 하고 있는바, 이 점에서 기존의 한국 고전소설 번역서들과는 전적으로 그 성격을 달리한다.

나는 『한국한문소설 교합구해』의 서문에서, "가능하다면 차후 후학들과 힘을 합해 이 책을 토대로 새로운 버전version의 한문소설 국역을 시도했으면 한다. 만일 이 국역이 이루어진다면 이를 저본으로 삼아 외국어로의 번역 또한 생각해 볼 수 있을 것이다"라고 말한 바 있다. 바야흐로, 한국 고전소설을 전공한 정길수 교수와의 공동 작업으로 이 총서를 간행함으로써 이런 생각을 실현할 수 있게 되어 대단히 기쁘게 생각한다.

이제 이 총서의 작업 방식에 대해 간단히 언급해 두고자 한다. 이 총서의 초벌 번역은 정교수가 맡았으며 나는 그것을 수정하는 작업을 하였다. 정교수의 노고야 말할 나위도 없지만, 수정을 맡은 나도 공동 작업의 취지에 어긋나지 않게 최선을 다했음을 밝혀 둔다. 한편 각권의 말미에 첨부한 간단한 작품 해설은, 정교수가 작성한 초고를 내가 수정하며 보완하는 방식으로 작업하였다. 원래는 작품마다 그 끝에다 해제를 붙이려고 했는데, 너무 교과서적으로 비칠 염려가 있는 데다가 혹 독자의 상상력을 제약할지도 모르겠다는 생각이 들어 이런 방식으로 바꾸었다.

이 총서는 총 16권을 계획하고 있다. 단편이나 중편 분량의 한문소설이 다수지만, 총서의 뒷부분에는 한국 고전소설을 대표하는 몇 종류의 장편소설과 한글소설도 수록할 생각이다.

이 총서는, 비록 총서라고는 하나, 한국 고전소설을 두루 망라

하는 데 목적이 있지 않다. 그야말로 '千년의 우리소설' 가운데 21세기 한국인 독자의 흥미를 끌 만한, 그리하여 우리의 삶과 역사와 문화를 주체적으로 돌아보고 성찰하는 데 도움이 될 만한, 그럼으로써 독자들의 심미적審美的 이성理性을 충족시키고 계발하는 데 보탬이 될 만한 작품들을 가려 뽑아, 한국 고전소설에 대한 인식을 바꾸고 확충하고자 하는 것이 본 총서의 목적이다. 만일 이 총서가 이런 목적을 어느 정도 달성했다는 평가를 받게 된다면 영어 등 외국어로 번역하여 비단 한국인만이 아니라 세계 각지의 사람들에게 읽혀도 좋지 않을까 생각한다.

2007년 9월
박희병

차례

각저소년전

변종운

각저소년[1]이 어떤 사람인지는 자세히 알 수 없다. 곽운郭雲이라는 이가 여행 중에 각저소년을 본 적이 있을 따름이다.

곽운은 원봉 이증조[2]의 외손자다. 젊어서 1만 전[3]을 겨드랑이에 끼고 수십 보 깊이의 연못을 뛰어넘을 정도로 힘이 장사였다. 곽운은 제 힘을 자부해서 쫓아다니길 좋아하고 가만있지를 못했다. 길을 가다 무뢰배들의 행패라도 볼 것 같으면 제 몸을 돌보지 않고 달려드는 것이었다.

곽운이 연안 평야[4]를 지나던 때의 일이다. 승려 하나가 객점[5] 문밖에 걸터앉아 객점 주인에게 빚 독촉을 하고 있었다. 승려는

---

1. 각저소년角觝少年 씨름 잘하는 소년. '각저'는 씨름을 뜻한다.
2. 원봉圓峯 이증조李曾租 '원봉'은 '이증조'의 호이겠는데, 누군지는 미상.
3. 1만 전錢 백 냥에 해당하는 돈. 엽전 만 개에 해당한다.
4. 연안 평야 '연안'延安은 황해도의 고을 이름. 인근의 배천白川과 함께 황해도의 곡창지대인 연백평야를 이룬다.
5. 객점客店 오가는 길손이 음식을 사 먹거나 쉬던 집.

몹시 흉악하고 기운이 세 보였다. 마침 그 마을에 어떤 사람이 소를 잡고 있었는데, 고삐가 끊어지면서 황소가 달아났다. 황소는 단번에 몇 길 높이를 뛰어올라 만나는 사람마다 들이받더니 곧장 승려를 향해 돌진했다. 승려는 태연자약 앉은 채 주먹으로 소의 이마를 쳤다. 소는 몸을 홱 뒤집으며 즉사하고 말았다.

곽운이 그 광경을 보고 혀를 내두르자 곁에서 돗자리를 짜고 있던 이가 말했다.

"저건 얘깃거리도 못 됩니다. 어떤 절 앞에 커다란 바위가 길을 막고 있던 적이 있지요. 소 일곱 마리를 동원해 끌어당겨도 꿈쩍 안 하던 바위를 저 스님 혼자서 옮겨 놓았습죠. 저 스님은 씨름을 좋아하는데, 세상에 적수가 없는 게 한이랍니다. 비록 삼척동자라 할지라도 함께 씨름하는 시늉을 하며 장난을 치곤 합지요."

이윽고 마을 사람들이 승려를 향해 앞다투어 술병과 술잔을 들고 왔다. 모두 승려에게 빚을 진 자들이었다.

승려가 마음껏 술을 마시고 있는데, 한 여자가 소를 타고 오는 것이 보였다. 여자는 장옷[6]을 머리까지 덮어쓰고 있었다. 그 뒤에 한 소년이 따라오는데 몸이 가냘프기 짝이 없어 옷과 신발의 무게도 감당할 수 없을 듯이 보였다. 여자가 소에서 내려 객점으로 들어서며 얼굴이 반쯤 드러났는데, 경국지색이었다. 승려는 한참

6. **장옷** 부녀자가 나들이할 때 얼굴을 가리느라고 머리에서부터 내리쓰던 옷.

을 멍하니 있다가 말했다.

"진짜 요조숙녀로구나."

그러더니 소년을 손짓해 불렀다.

"이리 와라! 소를 타고 온 사람은 네 누이냐, 각시냐?"

"제 처입니다."

"나는 숲에서 늙어서 그동안 본 거라곤 산에 핀 꽃과 들에 자란 풀뿐이었는데, 지금 네 각시가 내 혼을 녹이는구나. 네게 300냥을 아낌없이 줄 테니 너는 저라산[7] 아래로 가서 다른 여자를 찾아보아라."

소년은 웃으며 말했다.

"부차[8]를 즐겁게 하기엔 부족하겠지만, 스님의 혼을 녹였다면서 300냥이라니 왜 이리 적습니까?"

승려는 눈썹을 찌푸리며 말했다.

"미인 하나를 위해 산에 사는 승려의 살림에서 반이나 떼어 준 거야."

승려는 빚진 자들을 모두 불러 앞으로 나오게 했다.

"내 빚 300냥을 사흘 안에 이 젊은이에게 갚아라! 그렇게 하지

<hr>

꿏꿏꿏꿏

7. **저라산苧羅山** 중국 절강성浙江省에 있는 산. 춘추시대 월越나라의 미인 서시西施가 이곳 출신으로, 이 산에서 땔나무를 해 생활했다.

8. **부차夫差** 춘추시대 오吳나라의 왕. 부차는 월나라 왕 구천勾踐이 미인계를 써서 바친 서시西施에게 빠져 국정을 그르치고 급기야 월나라에 나라를 빼앗기고 말았다. 여기서는 중이 서시의 출신지인 '저라산'을 언급했기에 서시에게 미혹된 '부차'를 말한 것이다.

않는 놈은 박살을 내버릴 테다."

모든 사람들이 감히 승려의 말을 거스르지 못하고 "예예" 하며 물러났다.

승려는 또 시냇물 남쪽의 밭을 가리키며 말했다.

"여기서부터 저기까지가 모두 내 땅이야. 가을에 추수하면 소작을 붙이는 스무 집에서 각각 쌀 다섯 섬씩을 바칠 건데, 그것도 모두 네게 줄 테니 더 이상은 요구하지 말거라."

또 어린 사미승을 부르더니 가방에서 열쇠를 하나 꺼내 주며 말했다.

"산사로 빨리 가서 베갯머리에 있는 작은 상자를 열고 빚 문서를 찾아오너라. 밭문서는 다락 위 시렁 깊숙이 들었으니 내가 절로 올라간 뒤에 다시 가져오도록 하고."

승려가 말을 마치고 몸을 돌려 객점 안으로 들어가려 하자 소년이 말했다.

"혼인한 지 이제 두어 달이라 한창 정이 좋았는데, 손 한 번 못 잡고 이별할 수는 없지 않겠습니까?"

승려는 웃으며 말했다.

"인정상 그렇군. 하지만 결국 이별해야 할 일이니, 너무 지체하진 말라구."

이때 곽운은 불의를 참지 못하는 기색이 얼굴에 드러났지만 감히 나서지 못했다. 소년은 문득 한숨을 크게 쉬었다.

"매일 밤 우리 부부가 방 안에서 씨름을 하며 놀았는데, 이제 다시는 할 수 없겠구나."

승려가 반색을 하며 말했다.

"네가 씨름을 잘하나 보구나. 나랑 한판 해 볼래?"

"잘한다고는 못하겠지만 한판 배우고 싶습니다. 다만 씨름에 내기가 걸리지 않으면 이기고 지고 간에 차이가 없어 구경꾼이 퍽 심심하지요. 스님이 아낌없이 내기를 걸어 준다면 구경꾼들도 한바탕 웃을 일이 있지 않겠습니까?"

승려는 팔뚝을 뽐내며 말했다.

"하도 오랫동안 씨름을 못 해서 몸속에 기운이 꽉 막혀 있었는데, 지금 나를 일깨우는 자가 바로 너로구나.[9] 그런데 무슨 내기를 한담?"

"스님이 저를 이기면 제게 한 푼도 주지 말고 그냥 제 아내를 데려가십시오. 제가 이기면 스님의 땅과 돈은 감히 바라지도 않겠고, 그저 아내와 함께 돌아가는 것으로 만족하겠습니다."

승려는 또 기뻐하며 말했다.

"내기는 내기다마는 잠자리가 돌기둥을 미는 꼴[10]이 아닐지?"

"스님은 그저 돌기둥이 되시면 그만이지 뭣 하러 잠자리 걱정

---

9. **나를 일깨우는~바로 너로구나** 『논어』에서 공자가 제자인 자하子夏가 자기를 일깨워 줌을 칭찬하여 "나를 일깨우는 자는 상商(자하의 이름)이로구나"라고 했던 어투를 흉내 낸 말.
10. **잠자리가 돌기둥을 미는 꼴** 되지도 않을 일에 덤벼드는 무모한 행동을 이르는 말.

을 대신해 준답니까?"

승려는 또 웃으며 말했다.

"씨름을 하기 전에 입씨름으로 기선제압을 하려 하다니, 너 참 쓸 만한 녀석이다."

때는 바야흐로 늦봄이었다. 내리던 비가 갓 그쳐 길은 온통 진창이 되어 있었다. 다만 객점 앞에 야트막한 언덕이 있었는데, 수백 보쯤 되는 너비에 언덕 위가 평평하고 넓었으며 땅이 말라서 가벼운 먼지가 일어나려 했다. 소년은 언덕 위를 가리키며 웃음을 띤 채 말했다.

"여기가 바로 하늘이 스님을 위해 만들어 준 씨름판이로군요."

두 사람은 함께 언덕에 올랐다. 수많은 마을 사람들이 뒤따라갔고, 곽운 또한 그중에 끼어 있었다. 언덕 아래에는 큰 구덩이가 하나 있었다. 온 마을의 똥을 받아 두었다가 매년 밭에 거름으로 쓰기 위해 만든 것이었다. 구덩이는 바닥을 모를 정도로 매우 깊었다.

두 사람이 동서 양쪽으로 마주 서서 웃옷을 벗었다. 승려는 구경꾼들을 돌아보고 말했다.

"노승이 이제 이 아이와 시합을 하오."

소년은 오른쪽 무릎을 꿇고 왼쪽 무릎을 세우더니 등을 활처럼 젖히고 배를 내밀며 오른손으로 승려의 왼쪽 넓적다리를 움켜쥐고 다시 왼손을 승려의 등 뒤로 돌려 샅바를 굳게 잡았다. 승려는

20

떡 버티고 선 채 여전히 껄껄껄 웃음을 그치지 않았다.

소년은 문득 기합을 지르며 우뚝 일어서서 왼쪽 어깨 위로 승려를 비껴 멨다. 승려의 두 손은 허공에서 버둥거리고 두 다리는 허공을 차는데, 마치 파도 속에서 허우적거리며 헤엄치는 모습 같았다. 이에 소년이 몸을 돌리는데, 마치 붕새가 큰 바람을 차고 하늘로 날아오르는 듯했다. 승려는 여전히 소년의 어깨에 매달려 있었다. 마치 물레가 바퀴 축을 따라 돌아가듯 힘을 전혀 쓰지 못하는 모습이었다.

소년은 한쪽 어깨를 들어 올리고 다른 한쪽 어깨를 내린 채 왼손으로는 그릇에 물을 담는 모양을 짓고, 오른손으로는 칼집에서 칼을 뽑는 모양을 짓더니, 별안간 허리를 굽혀 결국 못된 중을 똥구덩이 속으로 내던져 버렸다. 이 씨름 기술은 이른바 '금강역사[11]가 몸을 뒤집으매 옥으로 만든 산이 공중에 거꾸러진다'는 것에 해당되었다. 하늘에서 별똥이 떨어지고 항아리에서 물이 쏟아지는 듯한 기세라서 그 누구라도 막을 수 없었다. 똥구덩이가 한 번 열렸다 닫히면서 청정한 스님의 몸이 구더기 똥통 속에서 열반하고 말았다. 비록 일천 부처가 세상에 나와서 참회시키려 한들 어쩔 수 없는 일이었다. 빙 둘러서서 구경하던 이들이 하도 많아 몇백 명이나 되는지 헤아릴 수 없었다.

꽃꽃꽃꽃

11. **금강역사金剛力士** 불법을 수호하며 현세의 일천 부처를 지킨다는 신.

승려가 소년의 아내를 빼앗으려 했을 때 누군들 분노하지 않았겠는가? 그러나 승려를 호랑이처럼 두려워했기에 분노했음에도 감히 분노를 드러낼 수 없었다. 소년이 어려워하는 기색 없이 제 아내를 주겠다고 했을 때 누군들 가련히 여기는 마음이 없었겠는가? 그러나 어려움을 해결해 줄 방법이 없었으니 가련히 여겼음에도 진정으로 가련히 여겼다고 하기에는 부족하다. 급기야 소년이 씨름을 하자고 청했을 때에는 누군들 의심하는 마음이 없었겠는가? 그러나 소년의 저의가 무엇인지 알 수 없었기에 의심하면서도 충분히 의심하지는 못했다. 그러다가 결국 일이 이렇게 마무리되자 승려의 죽음을 통쾌하게 여기지 않는 이가 없고, 또 승려를 죽게 한 소년의 능력을 기이하게 여기지 않는 이가 없었다. 어지러이 소년 앞으로 다가가 그 성명을 묻는 자도 있고, 그 나이를 묻는 자도 있고, 그 고향을 묻는 자도 있었다. 소년은 "성은 이李고, 나이는 열여섯입니다"라고 대답할 뿐 이름과 고향은 말하지 않았다. 사람들은 말했다.

"그 중이 받을 빚은 과연 300냥 이상일 겁니다. 하지만 시냇물 남쪽의 땅은 모두 경영[12]의 둔전[13]이에요. 그 자가 어찌 송곳 하나 세울 만한 땅이라도 가졌겠습니까."

12. **경영京營** 서울에 있는 훈련도감·금위영·어영청·수어청·총융청·용호영 등의 군영軍營을 통틀어 일컫는 말.
13. **둔전屯田** 군대의 군량이나 관청의 경비를 조달하기 위해 경작하는 밭.

또 어떤 이가 물었다.

"중이 씨름을 좋아한다는 걸 미리 들은 적이 있습니까? 어떻게 상대가 좋아하는 걸 미끼로 삼아 그 목숨을 빼앗았을까요?"

소년은 웃음을 머금을 따름이었다. 소년은 객점으로 돌아가 밥을 어서 달라고 해 다 먹었다. 그때 사미승이 빚 문서를 안고 왔다. 소년은 빚 문서를 가져다 불사르며 말했다.

"저 흉악한 자를 없앤 건 청정한 절을 더럽히지 못하게 하기 위해서였다. 이제 이 업장[14]을 불사르는 건 온 마을의 근심을 없애기 위함이다."

마침내 소년은 아내를 소에 태우고 조용히 떠났다.

곽운은 승려의 용력에 기가 팍 꺾이고 소년의 용맹에 간담이 서늘해져, 집으로 돌아간 뒤로는 조심조심 지내며 감히 다른 사람과 다투려 들지 않았으니, 더 이상 예전의 곽운이 아니었다.

이증조의 선친 상사공[15]이 이상한 일이다 싶어 까닭을 묻자, 곽운은 각저소년의 일을 이야기했다. 나는 이증조에게 그 대강의 이야기를 들었다. 그 뒤로 정곡노인 황경일[16]이 같은 이야기를 해 주었는데, 이쪽이 더욱 자세했다.

---

14. **업장業障** 불교에서 중생이 탐욕·분노·어리석음에 미혹되어 악업惡業을 짓는 것을 이르는 말. 여기서는 중의 탐욕을 보여 주는 빚 문서를 말한다.

15. **상사공上舍公** 생원이나 진사를 일컫는 말.

16. **정곡노인貞谷老人 황경일黃敬日** '정곡노인'은 황경일의 호로 생각되는데, 누군지는 미상.

검승전

신광수

임진년[1] 이후 50여 년이 지났을 때 오대산에서 글공부하는 나그네가 있었다. 나그네가 공부하던 절에는 나이가 80세쯤 된 승려 한 사람이 있었는데, 깡마른 체구였지만 날쌔고 용맹해 보였다. 나그네가 그 승려와 얘기를 나눠 보니 자못 총기가 있었다. 승려는 늘 나그네 곁에 있으면서 나그네가 글 읽는 소리 듣는 것을 좋아하더니 마침내 서로 친한 사이가 되었다. 그러던 어느 날 승려가 말했다.

　"오늘밤 돌아가신 스승님 제사가 있어 곁에서 모시지 못하겠습니다."

　한밤중에 몹시 서글픈 곡소리가 들렸다. 새벽녘이 되자 울음소리는 더욱 애달프고 애절해졌다. 아침에 승려의 얼굴을 보니 눈물 자국이 있었다. 나그네는 물었다.

1. **임진년** 임진왜란이 일어난 1592년.

"불교에서는 제사 지낼 때 곡하지 않는다고 들었습니다만, 연로하신 스님께서 몹시도 서글피 곡을 하시더군요. 울음소리를 듣자니 뭔가 아픔을 숨기는 게 있는 것 같던데, 무슨 까닭이라도 있습니까?"

승려는 한숨을 쉬고 말했다.

"저는 조선 사람이 아닙니다. 가등청정²이 조선을 쳐들어올 때 왜국倭國에서 검술에 능한 스무 살 이하 젊은이를 선발했었지요. 처음 5만 명에서 3만을 뽑고, 다시 3만에서 1만을 뽑고, 마지막으로 1만에서 3천 명을 추려 내어 특수부대를 만들었습니다. 특수부대는 군대의 선봉이 되어 백 걸음을 날아 사람을 공격하고 하늘에 날아다니는 새를 때려잡을 수 있었는데, 저 또한 그중 한 사람이었습니다.

우리 부대는 바닷가 아홉 고을³을 치고, 북쪽으로 철령⁴을 넘어 관남⁵ 일대를 유린한 뒤, 6진⁶ 깊숙이까지 들어갔습니다. 사람은 통 보이지 않고 바닷가에 1천 척 높이의 암벽이 우뚝 솟아 있더군요. 그런데 그 꼭대기에 갈삿갓⁷을 쓰고 비옷을 입은 사람이 하

---

2. **가등청정**加藤淸正 가토 기요마사. 임진왜란 때의 왜장倭將.
3. **아홉 고을** 울산, 영천 등 경상도 동해안의 아홉 고을을 가리킨다. 가토 기요마사가 이끈 왜군은 동해안을 따라 북상하여 충주를 거쳐 한양에 입성했다.
4. **철령**鐵嶺 강원도 회양군과 함경남도 안변군 사이에 있는 큰 재.
5. **관남**關南 마천령摩天嶺 남쪽 지역, 즉 함경남도.
6. **6진**鎭 함경북도의 경원·온성·종성·회령·부령·경흥의 여섯 군郡.
7. **갈삿갓** 쪼갠 갈대로 결어 만든 삿갓.

나 앉아 있는 게 아니겠습니까. 우리는 고함을 지르며 벼랑 위를 향해 총을 쏘아 댔습니다. 그러나 그 사람이 검을 이리저리 휘두르자 탄환이 그냥 낙엽처럼 우수수 땅으로 떨어지고 마는 것이었습니다. 우리는 몹시 약이 올라 그 주변을 빙 둘러 포위했습니다.

이윽고 그 사람은 펄쩍 뛰어올라 새처럼 날아 내려오더니 우리들의 어깨 위로 이리저리 몸을 날리며 마치 풀을 베는 것처럼 검을 휘둘렀습니다. 결국 검술에 능하다는 우리 3천 명 가운데 죽지 않고 남은 것은 저와 또 다른 왜인倭人 하나뿐이었습니다. 그 사람은 마침내 검을 어루만지며 큰 소리로 말했습니다.

'너희 무리 3천 명 중에 내가 죽이지 않은 것은 너희 둘뿐이다. 너희가 비록 오랑캐이고 나와는 원수지간이라지만 역시 사람이니 나로서도 차마 다 죽일 수는 없었다. 너희는 내게 순종하겠느냐?'

'죽든지 살든지 처분에 따를 뿐입니다.'

우리 두 사람은 그 사람을 따라 산속으로 들어갔습니다. 몇 년 동안 수련을 거듭한 결과 그 검술을 모두 배우게 되었지요. 스승과 제자 세 사람이 팔도의 명산을 두루 유람하고 다녔는데, 산 하나에 이를 때마다 초가집을 짓고 1년이나 반년쯤 살다가 그 집을 버리고 또 다른 산으로 떠나기를 거듭했습니다. 가을이 깊어 달이 환하면 스승은 산 정상에 올라 「검기」[8] 곡조에 맞추어 검무劍舞를 신명나게 추다가 이윽고 바위를 부수고 우뚝한 소나무를 베어 분노를 푼 다음에야 그치곤 했습니다. 그렇게 우리와 함께 지내면서도 어찌 된 일인지 자신의 이름은 끝내 말하려 들지 않았습니다.

10년 뒤에 또 밖에서 지내고 있을 때였습니다. 스승이 고개를 숙이고 짚신을 삼고 있는데, 다른 왜인이 홀연 그 등 뒤에서 검을 뽑더니 스승의 머리를 베었습니다. 그러고는 저를 돌아보며 말하더군요.

'이 자는 우리의 원수가 아닌가? 오늘에야 복수했다. 이제 우리 은밀히 일본으로 돌아가자.'

저는 눈앞에서 스승이 살해당하는 광경을 보고는 분노에 차서 검을 빼 들고 당장 그 자의 머리를 베었습니다. 아아! 저는 같은 왜인으로서 수십 년 동안 한 스승을 모시고 지냈음에도 그가 밤낮으로 스승을 해치려는 마음을 품고 있었다는 걸 전혀 몰랐습니다.

스승의 원수를 갚고 저는 생각했습니다.

'우리 세 사람은 부자 형제 사이와 같았는데, 하루아침에 길에서 스승을 잃고 말았다. 조선에 온 왜인 검객 3천 명 중 우리 두 사람이 살아남았을 뿐인데, 그중 한 사람을 내가 죽였으니 이젠 천하에 오직 나 하나가 남았을 뿐이다. 일본으로 가자니 만리 바

꿀꿀꿀꿀
8. 「검기」劍器 칼춤의 곡명曲名.

다가 앞을 가로막았고, 이국땅에 살자니 두려운 일이 많을 텐데, 나 홀로 어찌 살아갈까!'

마침내 엉엉 큰 소리로 곡하며 자살할 생각을 품었습니다. 그러다가 또 이런 생각이 났습니다.

'나는 일본 사람이니 동해에 몸을 던져 죽어야겠다.'

동해로 가서 몸을 던졌습니다. 그러나 그때 마침 바다에서 큰 물고기들이 싸움을 하는 바람에 큰 물결이 일어나 거기 떠밀려 해안으로 오게 되었습니다. 그렇게 되고 보니 다시 몸을 던질 수가 없었지요.

그 길로 저는 오대산으로 와서 중이 되었습니다. 40년 동안 솔 잎을 먹고 살며 산을 내려가지 않았습니다. 그러는 동안 해마다 스승의 기일忌日이 되면 목 놓아 곡하지 않은 적이 없습니다. 올해 제 나이가 여든이어서 아침에 죽을지 저녁에 죽을지 알 수 없는 형편이니, 내년 이날에 또 곡하고자 한들 그게 제 마음대로 되겠습니까? 그래서 서럽게 곡을 했던 것뿐이지 불법佛法이 어떠한 줄 제가 어찌 알겠습니까?

쯧! 저는 여기서 늙었지만 같은 절에 있는 승려들은 제가 외국인이라는 걸 모릅니다. 오늘 선비를 뵙고 제 평생을 다 토로하고 말았군요. 나이 팔십이나 된 중이 왜인임을 감출 건 또 뭐 있겠습니까?"

말을 마치고는 평온한 얼굴로 웃었다.

이튿날 노승을 찾으니 간 곳을 알 수 없었다.

외사씨[9]는 말한다.

"승려의 스승은 숨어 사는 협객이었을 터이다. 임진왜란을 당하여 홍계남[10]이나 김응서[11] 같은 초야의 용맹한 선비들이 여기저기서 떨쳐 일어나 왜적에 맞서 싸워 큰 공을 세웠다. 그러나 승려의 스승은 숨어서 세상에 나오지 않았고, 공명을 이루어 스스로를 드러내지 않았으니, 왜 그랬을까? 스승은 신이한 검술을 가지고 있었지만 임진왜란이 피할 수 없는 운명이어서 구구한 계책과 힘으로 막을 수 없다는 걸 잘 알았기에 그랬을 것이다.

예부터 지모와 용맹이 있고 특이한 재주를 가진 인물들 중에는 재앙을 모면하지 못하는 일이 많았다. 작은 나라에서는 더욱 심했으니, 본조本朝(조선)만 하더라도 남이[12]와 김덕령[13]이 모두 그러했다. 그러므로 승려의 스승은 험한 바위산에서 늙어 죽을지언정 후회가 없었던 것이다. 그는 혹시 세상에 전해 오는, 두 분이 만났다고 하는 백두은자와 초의객[14]의 무리가 아닐까?

꽃꽃꽃꽃

9. **외사씨外史氏** 작자인 신광수 자신을 지칭한 말. '외사'란 사관史官이 아닌 사람이 기록한 역사, 곧 야사野史를 말한다. 외사를 기록한 사람이 자신을 가리켜 '외사씨'라고 한다.
10. **홍계남洪季男** 미천한 출신으로 임진왜란 때 큰 공을 세운 무장武將.
11. **김응서金應瑞** 임진왜란 때 명나라 장수 이여송李如松과 함께 평양성을 탈환하는 등 큰 공을 세운 무장.
12. **남이南怡** 세조 때의 장군으로, 역심逆心을 품었다는 무고를 받아 옥사獄死했다.
13. **김덕령金德齡** 임진왜란 때의 의병장으로, 왜적과 내통했다는 혐의를 받아 억울하게 죽었다.

제자에게까지 끝내 그네 이름을 말하지 않은 일은 더욱 기이하
다. 그는 두 왜인과 십수 년을 함께 지냈으니 그 속마음을 알 수
있었을 터이다. 한 사람은 적이고 한 사람은 자식이건만 둘을 좌
우에 두었으며, 끝내는 자신의 검술을 적에게 가르쳐 주어 스스
로 죽음을 초래하고 말았다. 자기 몸을 지키는 데는 밝았지만 사
람을 알아보는 데는 어두웠으니, '선표가 양생술에는 능했으나
그만 호랑이에게 잡아먹혔다'[15]는 것과 비슷한 경우가 아닐까?
그러므로 맹자는 "예羿 또한 죄가 있다'[16]라고 하였다. 반면에 저
오대산의 노승은 오랑캐이긴 하되 참으로 기이한 남자라 할 것이
다."

---

14. **두 분이~백두은자와 초의객** '백두은자'白頭隱者와 '초의객'草衣客은 노승의 검술 스승과 같이 신
   이한 능력을 가진 은자隱者로 추정되나 누구인지 미상. 이들을 만난 '두 분' 역시 누구인지 미상.
15. **선표가 양생술에는~호랑이에게 잡아먹혔다** 노魯나라 사람인 선표單豹는 바위굴에서 지내며 수
   양을 해 일흔의 나이에도 얼굴이 아이 같았으나 그만 굶주린 범에게 잡아먹혔다고 한다.
16. **예羿 또한 죄가 있다** 방몽逢蒙이 예羿에게 활쏘기를 배워 그 재주를 모두 익히고는 천하에 자기보
   다 활쏘기를 잘하는 사람은 오직 스승 예뿐이라 생각하고 예를 죽였다는 이야기가 전한다. 맹자孟
   子는 이 일을 두고 예가 제자 방몽에게 죽임을 당한 것이 그가 제자에게 활 쏘는 기술만 가르쳤지
   덕을 가르치지 않은 탓이니, 예가 죽임을 당한 데는 그 자신의 잘못도 있다고 평했다.

다모전

송지양

김조시[1]는 한성부[2]의 다모[3]다.

임진년(1832)에 경기도·충청도·황해도에 대기근이 들었다. 한성부에서는 민간에서 술 담그는 일을 일절 금지하고, 이를 어기는 자는 죄의 경중에 따라 유배형이나 벌금형에 처했다. 술 담근 죄를 일부러 숨겨 주어 붙잡지 않은 관리가 있을 경우에도 죄를 물어 결코 용서하는 일이 없었다. 그러자 관리들은 빨리 붙잡지 않고 있다가 자신에게 죄가 돌아올까 염려하여 백성들로 하여금 잘못을 고발하게 하고, 고발한 사람에게는 벌금에서 2할을 떼어 포상금으로 주었다. 사정이 이러하니 고발하는 자는 날로 늘어났

---

1. **김조시金召史** '조시'는 서민의 아내나 과부를 일컫던 말이다. 보통 중인서리층의 여인에 대해 많이 썼다. '조시'가 훗날 음이 바뀌어 '조이'가 되는데, '콩쥐' '팥쥐' 역시 '콩조시' '팥조시'가 변해서 된 말이다.
2. **한성부漢城府** 지금의 서울시청.
3. **다모茶母** 관아에서 식모 노릇하는 천비賤婢. 한성부나 포도청의 다모는 수사관의 역할을 하기도 했다.

고 관리들은 귀신처럼 죄를 적발해 냈다.

어느 날 한성부의 아전 하나가 남산 아래 어느 거리의 외진 곳에 몸을 숨기고 있었다. 아전은 다모를 가까이 부르더니 시내 위로 놓인 다리 끝에서 몇 번째 집을 손가락으로 가리켰다.

"저긴 양반 집이라 내가 마음대로 들어가 볼 수가 없거든. 그러니 네가 먼저 안채로 들어가 쓰레기를 뒤져 보고 술지게미가 있거든 고함을 치거라. 그러면 내가 당장 들어가마."

다모는 그 말대로 살금살금 까치걸음으로 들어가 집 안을 수색했다. 과연 석 되들이쯤 되는 항아리에 새로 늦가을에 담근 술이 들어 있었다.

다모가 항아리를 안고 나오는데, 주인 할머니가 그 모습을 보고는 기겁을 하며 땅에 엎어졌다. 눈이 빛을 잃고 입가에 침을 흘리며 사지가 마비되고 얼굴이 파래졌다. 기절한 것이었다. 다모는 항아리를 내려놓고는 할머니를 끌어안고 뜨거운 물을 급히 가져다 입안으로 흘려 넣었다. 잠시 후에 할머니가 정신을 차리자 다모가 질책했다.

"나라에서 내린 명령이 어떠한데 양반 신분인 분이 이처럼 법을 어긴단 말입니까?"

할머니는 사죄하며 말했다.

"우리 집 양반이 지병을 앓고 있는데, 술을 못 마시게 된 이후로 음식을 삼키지 못해 병이 더욱 고질이 됐네. 가을부터 겨울까지 며칠씩 밥도 못 짓고 살다가 며칠 전에 마침 쌀 몇 되를 어디서 얻어 왔어. 노인의 병을 구완할 생각으로 감히 법을 어겨 술을 빚고 말았지만, 어찌 잡힐 줄 생각이나 했겠나. 선한 마음을 가진 보살께서 제발 우리 사정을 불쌍히 보아 주시기 바랄 뿐이네. 이 은혜는 죽어서라도 꼭 갚겠네."

다모는 불쌍한 마음이 들었다. 항아리를 안고 가서 잿더미에 술을 쏟아 버렸다. 그러고는 사발을 하나 손에 들고 문밖으로 나왔다. 아전은 다모를 보고 물었다.

"어찌 됐느냐?"

다모는 웃으며 말했다.

"술 담근 걸 잡는 게 문제가 아니라 지금 송장이 나오게 생겼소."

다모는 곧장 죽 파는 가게로 가서 죽 한 그릇을 산 뒤 다시 양반 댁으로 가서 할머니에게 죽을 건네주었다.

"할머니가 음식도 못 해 잡수신다는 말을 듣고 안타까워 드리는 겁니다."

다모는 그렇게 말한 뒤 여기서 몰래 술 담근 걸 누가 또 알고 있느냐고 물었다.

"쌀도 내가 찧고 술 담그는 일도 내가 했으니, 늙은 할미 혼자 지키는 집에 알 사람이 또 누가 있겠나?"

"그럼 다른 사람에게 술을 팔진 않으셨나요?"

"나는 늙은 남편 병을 구완할 생각으로 술을 담근 것뿐일세. 항아리도 겨우 몇 사발쯤밖에 안 되는 크기인데, 남에게 팔고 나면 무슨 남은 게 있어서 우리 집 양반을 드리겠나. 하늘에서 환한 해가 보고 있는데 내가 어찌 속이겠나?"

"정말 그러시다면 누군가 술맛을 본 사람이 달리 없을까요?"

"젊은 생원生員이 있네, 우리 시동생. 어제 아침에 성묘하러 가는데 우리 집 가난한 살림에 아침밥을 해 줄 수가 있나. 밥을 굶고 길 떠나야 될 형편이라 내가 술 한 사발을 떠다 드렸네. 그 말고는 다른 사람에게 준 적이 없어."

"젊은 생원과 이 댁 양반이 진짜 친형제가 맞으세요?"

"아무렴."

"젊은 생원은 나이가 어찌 됩니까? 얼굴은 살이 쪘나요, 말랐나요? 키는 얼마나 되고, 수염은 얼마나 났나요?"

할머니는 다모가 묻는 대로 자세히 대답해 주었다. 다모는 "잘 알겠습니다"라고 하고는 밖으로 나와 아전에게 말했다.

"양반 댁엔 술이 없었어요. 그런데 제가 들이닥친 걸 보고는 주인 할머니가 놀라 쓰러져서 기절하고 말았어요. 내가 을러대다 할머니를 죽인 셈이다 싶어서 깨어날 때까지 기다리다 나오느라 늦었네요."

다모는 아전을 따라 한성부로 향했다. 젊은 생원 하나가 뒷짐을 지고 십자가⁴를 서성이며 아전이 돌아오기를 기다리고 있는 게 보였다. 젊은 생원의 생김새는 할머니가 가르쳐 준 시동생의 생김새와 똑같았다. 다모는 손을 쳐들어 생원의 따귀를 때리더니 침을 뱉으며 꾸짖었다.

"네가 양반이냐? 양반이란 자가 형수가 몰래 술을 담갔다고 고자질하고는 포상금을 받아먹으려 했단 말이냐?"

거리에 있던 모든 사람들이 깜짝 놀라 이들 주변을 빙 둘러서서 구경을 했다. 아전은 성난 목소리로 말했다.

"그 집 주인 할멈의 사주를 받아 나를 속이고 술 빚은 걸 숨겨 주고는 도리어 고발한 사람을 꾸짖어?"

아전은 다모를 붙잡아 주부⁵ 앞에 가서 다모의 죄를 고해바쳤다. 주부가 심문하자 다모는 사실대로 모두 자백했다. 주부는 성이 난 척하며 말했다.

"술 담근 일을 숨겨 준 죄는 용서하기 어렵다. 곤장 20대를 쳐라!"

오후 6시 무렵 관청 일이 끝나자 주부는 조용히 다모를 따로 불러 엽전 열 꿰미⁶를 주며 말했다.

"네가 숨겨 준 일을 내가 용서해서는 법이 서지 않기에 곤장을 치게 했다만, 너는 의인義人이로구나. 참 갸륵하다 여겨 상을 내리

4. 십자가十字街 종각 앞 네거리.
5. 주부主簿 한성부 등에 두었던 종6품 벼슬.
6. 엽전 열 꿰미 열 냥.

는 것이다."

다모는 돈을 가지고 밤에 남산의 그 양반 댁으로 가서 주인 할머니에게 건넸다.

"제가 관청에 거짓 보고를 했으니 곤장 맞는 거야 당연한 일입니다만, 할머니가 술을 담그지 않으셨더라면 이 상이 어디서 나왔겠습니까? 그러니 이 상은 할머니께 돌려 드릴게요. 제가 보니 할머니는 겨우내 춥게 지내시는 모양인데, 이 1천 전[7] 돈으로 반은 땔나무를 사고 반은 쌀을 사시면 추위와 굶주림 없이 겨울을 나시기에 충분할 거예요. 다만 앞으로는 절대 술을 담그지 마셔야 합니다."

주인 할머니는 한편으로는 부끄러워하고 한편으로는 기뻐하면서 돈을 사양했다.

"다모가 우리 사정을 봐 준 덕택에 벌금을 면하게 된 것만도 고마운데, 내가 무슨 낯으로 이 돈을 받는단 말인가?"

할머니가 굳이 사양하며 한참 동안이나 받지 않자 다모는 할머니 앞에 돈을 밀어 두더니 뒤도 돌아보지 않고 떠났다.

외사씨外史氏는 말한다.

"「좋은 사람이 없다」는 말은 덕 있는 사람의 말이 아니다'라

---

7. 1천 전錢 동전 1천 개이니, 10냥에 해당한다.

는 옛말이 있다. 다모야말로 정말 좋은 사람이라 할 수 있지 않을
까? 다모는 할머니와 터럭만큼의 친분도, 약간의 안면도 없는 사
이였다. 그렇건만 처음에는 할머니를 위해 죄를 숨겨 주었다가
대신 곤장을 맞는 욕을 당했고, 마지막에 이르러서는 할머니의
곤궁한 사정을 구하고자 천금을 초개처럼 버렸으니, 할머니를 위
한 마음이 참으로 지극하다 하겠다. 처음 관직에 임명된 선비가
다모의 마음을 자신의 마음으로 삼는다면 세상 사람들을 구제하
는 데 무슨 어려움이 있겠는가?

　또 법을 지킨다며 제 아비를 고발하는 정직함은 공자께서도 인
정에 어긋난다 하여 미워하셨다.[9] 저 젊은 생원이란 자가 형수를
밀고한 일은 그 마음이 정직함에 있지 않고 남의 잘못을 고발해
포상금을 타 내는 데 있었을 뿐이다. 아아! 이익을 탐하는 폐단이
끝내 예의염치를 돌아보지 않고 인륜을 저버리는 데까지 이르렀
으니, 참으로 경계해야 하지 않겠는가!

---

8. **좋은 사람이~말이 아니다**　『소학집주』小學集註「가언」嘉言에 나오는 말.
9. **법을 지킨다며~하여 미워하셨다**　『논어』「자로」子路에 나오는 말이다. 섭공葉公이 공자孔子에게
　　자기 마을에 아버지가 양을 훔치자 이를 고발한 정직한 사람이 있다고 하자 공자는 이렇게 대답했
　　다. "우리 마을에서 정직한 사람이라고 하는 기준은 그와 다릅니다. 아버지는 자식을 숨겨주고, 자
　　식은 아버지를 숨겨주는데, 그런 가운데 정직이 있습니다."

검녀

안석경

단옹¹이 호남 사람에게 들었다면서 다음 이야기를 해 주었다.

진사進士 소응천²은 삼남³에서 명성이 높아 사람들은 모두 그를 기이한 선비로 지목했다. 하루는 어떤 여자가 소응천을 찾아와 절하더니 이렇게 말했다.

"성대한 명성을 들은 지 오래이옵니다. 미천한 제가 평생 곁에서 시중들고자 하는데 허락해 주실는지요?"

"너는 처녀의 모습이거늘 사내 앞에 나와 모시겠다는 말을 직접 하다니, 그건 처녀가 할 일이 아니지 않으냐. 혹시 어느 집 노

1. 단옹丹翁 민백순閔百順(1711~1774)의 호가 '단실'丹室이기에 한 말. 민백순은 영조英祖 때의 문신으로, 작자와 절친했던 인물이다.
2. 소응천蘇凝天 생몰년 1704~1760. 영조 때의 학자로, 호는 춘암春庵이다. 평생 벼슬하지 않고 지리산 인근의 산음(지금의 산청)과 화개동, 덕유산 양악陽嶽 등에 은거하며 주자학 연구에 전념했다. 당시에 처사處士로서 명성이 높았다.
3. 삼남三南 충청도, 전라도, 경상도를 통틀어 일컫는 말.

비이거나 창가의 기녀냐? 그도 아니면 이미 남자를 섬긴 바 있지만 처녀처럼 하고 지내는 것이냐?"

"저는 남의 집 종인데, 주인댁 가족이 아무도 남지 않아 갈 곳이 없습니다. 한 가지 제 소원은 평범한 사람을 우러르며 평생을 보내고 싶지 않다는 것입니다. 하여 남장을 하고 세상에 나와 몸을 더럽히지 않고 지내며 천하의 기이한 선비를 찾아다녔거늘, 그래서 모시고 싶다는 말씀을 직접 드리게 되었습니다."

응천은 그 여자를 받아들여 첩으로 삼고 몇 년을 함께 살았다.

응천의 첩은 어느 날 독한 술과 좋은 안주를 차려 놓고는 달 밝은 밤에 한가로운 틈을 타 자신이 평생 살아온 내력을 이야기했다.

"저는 아무 집의 노비였어요. 마침 주인댁 아씨와 같은 해에 태어났기에 주인댁에서는 특별히 아씨의 몸종이 되게 했고, 훗날 아씨가 시집갈 때 교전비⁴로 삼으려 하셨지요. 그런데 제 나이 겨우 아홉 살 때 주인댁은 세도가에게 멸망당해 토지를 모두 빼앗겼어요. 아씨와 유모만이 살아남아 타향으로 달아나 숨었는데 노비로서 따라간 건 오직 저 하나뿐이었어요.

아씨는 열 살을 갓 넘기자 저와 의논하여 남장을 하고 함께 먼 곳으로 떠나 검술 스승을 구하기로 했습니다. 2년을 찾아다녀서

〰〰〰〰
4. **교전비|轎前婢** 혼인 때 신부가 데리고 가는 여종.

야 비로소 스승을 얻었어요. 검술을 배운 지 5년이 되니 공중에 몸을 날린 채 오갈 수 있게 되었어요. 우리는 큰 도시에서 검술 묘기를 선보인 대가로 몇 천 냥을 벌어 보검寶劍 네 자루를 샀습니다. 그러고는 원수 집으로 가서 검술 재주를 보여 주는 체하며 달빛 아래 검무劍舞를 추다가 검을 날려 찌르니 순식간에 수십 명의 머리가 날아갔습니다. 원수 집의 안팎 사람들이 모두 붉은 피로 물든 채 죽었어요.

마침내 우리는 하늘을 날아 돌아왔습니다. 아씨는 깨끗이 목욕하고 여자 옷으로 갈아입더니 술과 음식을 마련하고는 선산先山에 가서 복수했노라 아뢰었습니다. 그리고 제게 당부했어요.

'나는 아들이 아니라서 세상에 산다 한들 아버지의 대를 이을 수 없는 운명이야. 8년 동안 남장을 하고 천 리를 돌아다녔으니, 비록 남의 손에 몸을 더럽히진 않았다만 이 어찌 처녀의 도리라 할 수 있겠니. 시집가고자 해도 갈 곳이 없고, 설령 갈 곳이 있다 한들 내 마음에 맞는 장부를 어찌 얻을 수 있겠니. 게다가 우리 가문은 외롭기 그지없어 가까운 일가친척이라곤 없으니 누가 내 혼사를 주관해 주겠니.

나는 지금 여기서 목숨을 끊으련다. 너는 내 보검 두 자루를 팔아 여기 선산에다 나를 묻어 다오. 죽어서나마 부모님 곁으로 돌아갈 수 있게 되었으니 나는 아무 한이 없다.

너는 노비 신분이니 처신하는 도리가 나와는 다르다. 그러니 나를 따라 죽을 필요가 없다. 나를 장사 지내고 난 뒤에 꼭 나라 안을 두루 돌아다니며 기이한 선비를 찾아서 그 사람의 아내나 첩이 되어라. 너도 기이한 뜻이 있고 호걸의 기운을 가지고 있으니, 어찌 평범한 사람 앞에서 평생 고분고분 사는 일을 달가워하겠니.'

아씨는 즉시 검으로 목숨을 끊었습니다. 저는 아씨의 보검 두 자루를 팔아서 500여 냥을 마련하고는 즉시 아씨의 장례를 치렀어요. 남은 돈으로는 논밭을 사서 제사 지낼 비용을 대게 했지요.

그 후 저는 남장한 모습 그대로 3년을 떠돌아다녔습니다. 제가 듣기로는 선생만큼 명성이 높은 선비가 달리 없었기에 스스로 제 몸을 바쳐 모셨던 것입니다.

그런데 제가 가만히 살펴보니 선생께서 잘하는 일이란 게 작은 글재주와 천문 지식, 악률,[5] 산학,[6] 사주 보는 법, 점치는 법, 참위설[7] 등 자잘한 술수뿐이었고, 정작 마음과 몸을 다스리는 큰 방법이나 세상을 경륜하여 후세의 규범이 될 큰 도리에 대해서는 아득히 미치지 못했습니다. 기이한 선비라는 명성을 얻은 건 너무 지나친 일 아니겠습니까?

실제보다 과한 명성을 얻은 자는 태평한 세상에 있더라도 위험

---

5. **악률樂律** 음악.
6. **산학算學** 산수.
7. **참위설讖緯說** 앞날의 길흉화복을 예언하는 일.

을 면하기 어려운데 하물며 어지러운 세상에서야 더 말할 나위가 있겠습니까! 선생께선 조심하셔야 할 것입니다. 온전히 생을 마치기가 필시 쉽지 않을 겁니다. 앞으로는 깊은 산에 거처하지 마시고, 유순하고 어리석은 모습으로 전주 같은 큰 도회지에 사시기 바랍니다. 그런 곳에서 아전의 자제들이나 가르치면서 먹고 입는 것이나 풍족히 해서 살 뿐 달리 바라는 게 없다면 세상의 화를 면하실 수 있을 겁니다.

저는 선생께서 기이한 선비가 아니란 걸 알았으니, 평생 모시고 살고자 한다면 이는 오랫동안 제가 품어온 생각을 저버리는 것이요, 아씨의 명을 저버리는 것이기도 합니다. 그래서 저는 내일 새벽에 이곳을 떠나 바다 멀리 아무도 없는 산으로 가서 살 작정입니다. 남자의 옷이 아직 그대로 있으니 훌훌 다시 입고 살면 그만이지, 무엇 하러 다시 여자가 되어 공손하고 유순한 태도로 음식을 만들고 바느질을 하겠습니까?

돌아보니 3년을 가까이서 모셨는데 이별하는 예禮가 없을 수 없고, 또한 평생의 절묘한 기예를 끝내 숨기고 한 번도 보여 드리지 않아서는 안 되겠지요. 선생께서는 이 술을 억지로 드셔서 담력을 강하게 한 뒤에야 제 기예를 자세히 보실 수 있을 겁니다."

응천은 깜짝 놀라 무안해 하며 입을 꽉 다문 채 한마디도 하지 못했다. 다만 여인이 따라 주는 잔을 연이어 마셨는데, 평상시의 주량에 이르자 더 마시지 않았다. 여인이 말했다.

"검이 일으키는 바람이 몹시 차가운데 선생의 정신이 굳세지 못하기 때문에 술의 힘에 의지해서 버텨야 해요. 흠뻑 취하지 않으면 안 됩니다."

여인은 10여 잔을 더 권하고 자신도 한 말 술을 마셨다. 얼큰히 취기가 돌자 여인은 보따리에서 털로 만든 푸른색 두건, 붉은색 비단 웃옷, 수놓은 노란색 띠, 하얀 비단 바지, 무늬 있는 무소 가죽으로 만든 신, 새하얀 빛이 감도는 연화검[8] 한 쌍을 꺼냈다. 여인은 치마저고리를 모두 벗더니 옷을 갈아입고 잘 동여맨 뒤 두 번 절하고 일어섰다.

여인은 날랜 제비처럼 가벼이 몸을 움직였다. 눈 깜짝할 사이에 검이 하늘로 솟구쳐 올랐다. 여인은 몸을 날려 한 쌍의 검을 겨드랑이에 꼈다. 처음에는 사방으로 흩어져 꽃이 떨어지고 얼음이 부서지는 듯했다. 중간에는 하나로 모이면서 구름이 흐르고 번개가 치는 듯했다. 마지막에는 높이 날아올라 고니가 날고 학이 나는 듯했다. 이윽고 사람도 보이지 않고 검도 보이지 않았다. 오직 한 줄기 하얀 빛이 동에서 번쩍이다 서에서 번쩍이고, 남에서 번뜩이다 북에서 번뜩였다. 휙휙 바람이 일며 차가운 기운에 하늘이 얼어붙는 듯했다. 짧은 기합 소리와 함께 마당의 나무가 뎅경 잘리더니 검이 땅으로 던져지고 사람도 내려섰다. 남은 빛

8. 연화검蓮花劒 보검 이름.

52

과 기운이 싸늘하게 사람을 엄습했다.

　응천은 처음에는 꼿꼿이 앉아 있었지만, 이윽고 몸이 벌벌 떨리면서 오그라들었고, 끝에 가서는 땅에 고꾸라져 거의 인사불성이 되었다. 여인이 검을 거두어 넣고 옷을 갈아입은 뒤 술을 데워 응천의 입안에 흘려 넣자 응천은 겨우 살아났다.

　이튿날 새벽, 여인은 과연 남장을 하고 떠나갔는데, 어디로 향해 갔는지 알 수 없었다.

　아아! 이 여자는 노비였음에도 오히려 자신의 몸을 중히 여겨 평범한 남자에게 제 몸을 맡기려 하지 않았다. 박식한 학자와 기이한 선비라면 더더욱 자기가 누구를 추종할 것인지 잘 가려야 하지 않겠는가. 그렇건만 공부[9]는 진승[10]을 추종하고, 포영[11]은 유현[12]을 추종했으니, 대체 무슨 마음에서였을까.

---

9. **공부孔鮒** 진泰 말기의 학자로, 진승陳勝에게 태부太傅 벼슬을 받았다.
10. **진승陳勝** 진泰 말기에 난리를 일으켜 왕을 자칭했던 인물.
11. **포영鮑永** 후한後漢 광무제光武帝 때의 인물로, 유현劉玄의 밑에서 벼슬을 했다.
12. **유현劉玄** 왕망王莽에 반기를 들고 군사를 일으켜 황제를 자칭했던 인물.

바보 삼촌

이희평

서애 유성룡[1]이 안동에 살던 때의 일이다. 집안에 삼촌이 한 사람 있었는데, 사람됨이 아둔하고 무식해서 콩인지 보리인지도 구별하지 못하는 바보라고 할 만했다. 집안에서는 '바보 삼촌'이라고들 부르며 만만히 여겼다. 바보 삼촌은 서애에게 늘 이렇게 말했다.

"내가 조용히 말해 줄 게 있다. 너희 집에 우환이 생기면 주변에 아무도 없이 조용할 때 나를 불러라. 내가 아주아주 중요한 얘기를 해 줄 테니."

서애는 어느 날 아무도 없이 조용할 때 심부름꾼을 시켜 바보 삼촌을 청했다. 바보 삼촌은 찢어진 갓에 해진 옷을 입고 유쾌한 얼굴로 와서는 말했다.

---

1. **유성룡柳成龍**   생몰년 1542~1607년. 선조宣祖 때의 문신으로, 호는 서애西厓이다. 도승지·대사헌·대제학·이조판서 등을 역임했고, 임진왜란 때 도체찰사都體察使로서 군무를 총괄하며 이순신·권율 등의 명장을 등용했다. 이후 영의정 겸 도체찰사로서 국정 운영의 핵심 역할을 했다.

"내가 너하고 내기바둑을 한 판 두었으면 싶은데, 어떠냐?"

"숙부께서 평소에 바둑 두시는 걸 못 봤거늘 지금 갑자기 바둑을 두자고 하시니 제 적수가 못 되실 것 같은데요."

서애의 바둑 실력은 당대 제일의 수준이었다.

"잘 두고 못 두고는 그만 따지고 일단 한 판 둬 보자."

서애는 내키지 않으면서도 어쩔 수 없어 바둑을 두기로 했지만, 숙부가 왜 이러는지 의아한 마음뿐이었다.

삼촌이 먼저 두었다. 중반전으로 접어들기도 전에 서애는 패색이 짙어졌다. 서애는 돌을 놓을 데가 없었고, 그제야 비로소 삼촌이 자기 능력을 감추고 살아왔음을 알아차렸다. 서애는 엎드려 말했다.

"숙부와 조카 사이로 반평생을 함께 살며 이처럼 속이시다니 억울한 마음을 참을 수 없습니다. 지금부터 아무쪼록 숙부의 가르침을 받들고자 합니다."

"너를 속였을 리가 있겠느냐? 어쩌다 보니 그렇게 됐을 뿐이다. 네가 이미 벼슬길에 나섰는데, 초야에 묻혀 사는 나 같은 사람이 무슨 가르칠 게 있겠느냐. 하지만 한 가지 일러 줄 게 있다. 필시 내일 승려 하나가 너를 찾아와 집에 묵어가기를 청할 텐데, 절대로 허락하지 말거라. 아무리 간절히 청하더라도 절대로 받아들여서는 안 된다. 마을 뒤의 초가 암자에서 하룻밤 묵어가게 하는 게 좋겠구나. 명심해서 일을 그르치지 말도록 해라!"

"반드시 가르침대로 하겠습니다."

이튿날, 승려 하나가 갑자기 나타나 자신의 명함을 전해 오기에 집 안으로 들어오게 했다. 풍채가 당당하고 나이는 삼사십 세쯤 되어 보였다. 서애가 어디서 왔느냐 묻자 승려는 대답했다.

"소승은 강릉 오대산에 살고 있습니다. 영남의 산천을 유람하러 내려와 명승지를 두루 보고 돌아가는 길이온데, 대감의 맑은 덕과 훌륭한 명성이 당세에 제일이라는 말을 듣고 꼭 한번 뵙고 싶어 잠시 인사를 드리러 왔습니다. 오늘은 벌써 날이 저물었으니 댁에서 하룻밤 묵고 내일 아침 길을 떠났으면 합니다."

"집에 마침 사정이 있어 지금 낯선 사람을 묵어가게 할 수 없소. 마을 뒤에 절간 암자가 있으니 거기서 하룻밤 묵고 내일 아침 우리 집으로 내려오는 게 좋겠소."

승려가 온갖 말로 간절히 부탁했지만 서애는 결코 받아들이지 않았다. 승려는 어쩔 도리가 없어 서애 집의 아이종을 따라 마을 뒤의 암자로 갔다.

이때 바보 삼촌은 여종 하나를 사당²으로 꾸미고, 자신은 거사³로 꾸며 초립을 쓰고 베옷을 입은 채 암자 문을 나와 합장하며 맞이했다.

꿏꿏꿏꿏

2. **사당舍堂** 떼를 지어 여러 지방을 떠돌아다니면서 노래와 춤을 팔던 여자.
3. **거사居士** 사당을 데리고 돌아다니면서 춤과 노래를 팔아 돈을 버는 사람. 사당과 거사는 일이 없을 때는 절에 붙어살았다.

"어디서 오신 귀한 스님께서 이처럼 누추한 곳에 왕림하셨습니까?"

승려는 답례하고 암자로 들어갔다. 서로 자리를 정해 앉자 거사는 사당에게 저녁밥을 잘 지어 올리라고 하더니 먼저 술 한 병을 가져와 대접했다. 승려는 술을 한 잔 마시고 맛있어 하며 말했다.

"이 술은 맑고 찬 것이 보통 술과는 다르군요. 어디서 얻었습니까?"

거사는 대답했다.

"이 할멈⁴은 마을의 주모酒母입니다. 기생으로 있다가 늙어서 물러났지만, 아직도 예전 기술을 가지고 있기에 이런 술을 빚습니다. 스님께서 차고 맑은 술을 싫어하지 않으시고 양껏 다 드신다면 다행이겠습니다."

이윽고 저녁밥을 올리는데, 산나물이며 채소가 극히 정결했다. 승려는 배불리 먹고 흠뻑 취해 거꾸러져 잤다.

승려는 깊은 밤에 잠이 깼다. 가슴이 몹시 답답했다. 눈을 떠보니 거사가 가슴 위에 걸터앉아 날카로운 칼을 들고 있는 것이 아닌가. 거사는 눈을 부릅뜨고 꾸짖었다.

"천한 중놈이 어딜 감히! 네놈이 바다를 건너던 날이 언제인지 내 이미 알고 있거늘, 감히 나를 속이려 하느냐? 바른대로 실토

4. **할멈** 사당을 가리킨다.

하면 혹 용서해 줄 길이 있을지 모르나, 실토하지 않는다면 네 목숨은 그 즉시 끊길 줄 알아라. 이실직고해라!"

승려는 애걸하며 말했다.

"지금 소승이 죽게 생겼는데, 어찌 추호라도 속이겠습니까? 소승은 일본인입니다. 관백[5] 풍신수길[6]이 지금 군사를 일으켜 귀국을 침략하고자 하는데, 두려운 인물이 한 사람 있었습니다. 바로 서애 대감입니다. 이 때문에 소승을 미리 여기로 보내서 사전에 일을 도모하게 했던 것입니다. 지금 선생의 귀신같은 눈에 모든 일이 발각되고 말았습니다. 엎드려 빌건대 제 목숨을 살려 주신다면 다시는 감히 이런 죄를 짓지 않겠습니다."

"우리나라에 전쟁이 일어날 것은 이미 정해진 운명이지. 사람의 힘으로 어찌할 수 없는 일이니, 나는 하늘을 거스르고자 하지 않는다. 다만 전쟁이 벌어지더라도 우리 마을만은 내가 꼭 구제할 수 있을 것이다. 왜군이 만일 이곳 땅을 밟는다면 한 놈도 돌아가지 못할 것이다. 네놈의 하찮은 목숨을 끊어 봐야 무슨 이로움이 있겠느냐. 너를 그냥 보내줄 테니 돌아가서 풍신수길에게 전해라. 우리나라에는 내가 있다고!"

그렇게 말하고 풀어 주자 승려는 거듭 절하며 말했다.

---

5. 관백關伯 당시 일본의 실질적인 최고 통치자인 쇼군(將軍)을 가리킨다.
6. 풍신수길豊臣秀吉 도요토미 히데요시.

"어찌 감히 말씀대로 하지 않겠습니까! 어찌 감히 말씀대로 하지 않겠습니까!"

그러더니 승려는 머리를 감싸 쥔 채 쥐새끼처럼 달아났다. 돌아가 풍신수길에게 자신이 겪은 일을 낱낱이 전하자 풍신수길은 깜짝 놀라서 군대에 특명을 내렸다. 바다를 건너 조선을 침공하는 날 안동 땅에는 감히 한 발자국도 들이지 말라는 것이었다. 이 때문에 안동 일대는 전쟁의 피해를 전혀 입지 않았다.

김천일 처

이희평

창의사[1] 김천일[2]의 처는 어느 집안 사람인지 알 수 없다. 김천일의 처는 시집오던 날부터 아무 일도 하지 않고 날마다 낮잠만 잘 뿐이었다. 그러자 시아버지는 이런 말로 훈계했다.

"너는 참 좋은 며느리다만 여자로서 마땅히 지켜야 할 도리를 잘 모르니 그것 한 가지가 흠이로구나. 무릇 지어미에게는 지어미의 책임이 있으니, 혼인한 뒤로는 살림을 맡아 집안의 재산을 늘려가는 게 옳다. 헌데 너는 통 이런 일은 돌보지 않고 날마다 낮잠만 자고 있으니, 이래서야 되겠느냐?"

"살림을 늘리고야 싶지만 수중에 아무것도 없으니 뭘 가지고 살림을 늘리겠습니까?"

---

1. **창의사倡義使** 조선 시대 국란을 당했을 때 의병義兵을 일으킨 사람에게 임시로 내리던 벼슬.
2. **김천일金千鎰** 선조宣祖 때의 의병장. 임진왜란 때 고경명高敬命·박광옥朴光玉 등과 함께 의병을 일으켜 수원의 독성산성禿城山城을 거점으로 군사 활동을 전개하였다. 1593년에 300명의 의병을 이끌고 진주성晋州城에 들어가 10만의 왜군과 전투를 벌이다 성이 함락되자 남강南江에 투신했다.

시아버지가 가여운 생각이 들어 즉시 벼 30포대와 노비 네댓 명, 소 두어 마리를 주며 말했다.

"이 정도라면 살림을 늘릴 밑천이 되겠니?"

"충분합니다."

김천일의 처는 곧장 노비를 불러 놓고 이렇게 말했다.

"이제 너희들은 나의 노비니 의당 내 지시를 따라야 한다. 너희들은 이 소에 곡식을 싣고 무주 아무 곳의 깊은 골짜기로 들어가라. 거기서 나무를 베어 집을 짓고, 이 나락으로 부지런히 농사를 짓도록 해라. 매년 추수할 때마다 총 수확량을 내게 보고하고, 벼는 잘 도정해서 창고에 저장해 두도록 해라. 매년 이렇게 해야 한다."

노비들이 명을 받고 무주로 가서 살았다.

김천일의 처는 며칠 뒤 남편에게 말했다.

"남자가 수중에 돈이 없으면 되는 일이 없는 법인데, 왜 그 점을 생각지 않으셔요?"

"내가 부모님을 모시고 있는 처지에 입고 먹는 것을 모두 부모님께 의지하고 있거늘, 돈이며 곡식을 어디서 마련할 수 있겠소?"

"듣자니 우리 마을의 이생 집에 누만금의 재산이 있는데, 도박을 좋아한다고 하더군요. 서방님께서 한번 가서 쌀 1천 섬을 걸고 내기를 해 보는 게 어떻겠어요?"

"이생은 원래 내기바둑으로 유명한 사람이고, 내 바둑 실력은 아주 형편없소. 그런데 내가 무슨 도박을 한단 말이오?"

"상대하기 쉽답니다. 일단 바둑판이나 가져와 보세요."

이윽고 마주 앉아 남편에게 바둑을 가르치는데 바둑돌을 하나 하나 놓을 때마다 온갖 묘수를 알려 주는 것이었다. 김천일 역시 **빼**어난 재주를 지닌 호걸인지라 반나절 만에 바둑의 오묘한 진법 陣法을 환히 깨달았다. 아내는 말했다.

"이젠 충분히 승부를 겨뤄 볼 만합니다. 세 판을 두어 먼저 두 판을 이기는 사람이 이기는 것으로 정하고, 첫판은 일부러 져 준 다음 나머지 두 판은 간신히 이기도록 하세요. 이렇게 이긴 다음 상대방이 한 번 더 승부를 겨루자고 하면 그때는 즉시 신묘한 수 법을 보여 주어 상대의 의욕을 완전히 꺾어 버리시는 게 좋겠어 요."

김천일은 아내의 말이 그럴 듯하다고 생각했다.

이튿날 이생의 집에 가서 내기바둑을 두자고 하니 이생은 웃으며 말했다.

"한동네에 살면서 그대가 내기바둑을 둔다는 소문을 들은 바 없거늘, 지금 갑자기 찾아와 청하는 이유를 모르겠소이다. 그대는 내 적수가 못 되니 그만둡시다."

"바둑은 돌을 놓아 본 다음에 누가 잘하고 못하는지 알 수 있는 건데, 미리부터 하지 말자는 건 또 뭡니까?"

김천일이 두 번 세 번 거듭 억지를 쓰다시피 청하자 이생은 말했다.

"좋아요. 그렇다면 내 평생 바둑을 두면서 내기를 걸지 않고는 바둑을 둔 적이 없으니, 이번엔 뭘 걸고 둘까요?"

"댁에 천 섬 쌀을 쌓아 둔 것이 서너 더미는 될 터인데, 그걸 거시지요."

"나는 그렇게 하면 된다 치고, 그대는 뭘 걸겠소?"

"나도 쌀 천 섬을 걸지요."

"부모님을 모시고 사는 처지에 적지 않은 곡식을 어디서 마련하려구요?"

"그건 승부가 결판난 뒤에 따질 일입니다. 내가 만일 진다면 쌀 천 섬쯤이야 왜 못 드리겠습니까?"

이생은 내키지 않는 가운데 바둑판을 가져다 놓고 두 판 먼저 이기는 사람이 승리하는 것으로 규칙을 정했다. 처음에 김천일이 일부러 한 판을 내 주자 이생은 웃으며 말했다.

"그것 봐요. 당신은 내 적수가 못 된다고 말하지 않았소?"

"아직 두 판이 남았습니다. 계속 두시지요."

이생은 이상하다 여기며 다시 마주 앉아 대국을 벌였는데, 연거푸 두 판을 지고 말았다. 이생은 깜짝 놀라 말했다.

"이상한 일이오, 이상한 일! 어떻게 이럴 수가! 약속한 천 섬은 주지 않을 수 없으니 즉시 드리겠소이다. 그건 그렇고 한 판 더

둡시다."

김천일은 승낙하고 또 한 판을 두었다. 김천일이 비로소 신묘한 수를 내 보이자 이생은 기세가 다하고 힘이 떨어져 어찌 할 도리가 없었다. 김천일은 웃으며 대국을 마치고 집으로 돌아와 아내에게 그날 있었던 일을 말해 주었다. 아내는 말했다.

"그럴 줄 알았습니다."

"이 쌀은 어디다 쓸 거요?"

"서방님의 친지 중에 가난해서 혼례와 상례喪禮를 치르지 못하는 사람, 생계를 꾸리지 못하는 사람들을 찾아 알맞게 나눠 주세요. 그리고 사이가 가깝고 멀고, 신분이 귀하고 천하고를 따지지 말고 빼어난 재주를 지닌 호걸이라면 누구든 벗으로 삼아 날마다 우리 집에 초대하세요. 술과 음식은 제가 알아서 마련할 테니까요."

김천일은 아내의 말대로 했다.

어느 날 김천일의 처는 시아버지에게 또 한 가지 청을 했다.

"제가 농사를 지었으면 하는데, 울타리 밖의 닷새갈이³ 땅에 농사를 지어도 되겠습니까?"

시아버지가 허락하자 김천일의 처는 밭을 갈아 밭 가득 박씨를 뿌렸다. 박이 익은 뒤에는 박으로 바가지를 만들어 옻칠을 했다.

꽃꽃꽃꽃

3. 닷새갈이 소 한 마리가 닷새 낮 동안 갈 수 있는 논밭의 넓이. 5천 평가량 되는 면적.

매년 이 일을 반복하니 다섯 칸 곳간에 옻칠한 박이 가득 들어찼다. 그러고 나서는 대장장이를 시켜 바가지 모양의 쇠를 두 개 만들게 해서 곳간 안에 나란히 두었다. 사람들은 김천일의 처가 이러는 이유를 알 수 없었다.

임진년(1592)에 왜적이 대규모로 쳐들어오자 아내는 김천일에게 말했다.

"제가 평소에 서방님께 가난하고 고달픈 사람을 돕고 영웅호걸과 사귀시라고 권했던 건 바로 지금 그 사람들의 힘을 얻고자 해서였습니다. 서방님께선 의병을 일으키세요. 시부모님이 피난하실 곳은 제가 이미 무주에 마련해 두었어요. 곡식도 있고 집도 있으니 서방님께선 염려하지 않으셔도 됩니다. 저는 여기 남아 군량미를 조달해 부족하게 되는 일이 없도록 하겠어요."

김천일이 흔쾌히 아내의 말을 따라 의병을 규합하니, 평소 김천일의 은혜를 입었던 이들이 각지에서 모여들어 열흘 사이에 정예병 사오천 명을 얻었다.

김천일은 군졸들에게 옻칠한 박을 허리에 차고 전투에 나서게 했다. 전투를 마치고 회군하면서 김천일은 쇠로 만든 박을 도중에 떨어뜨려 놓았다. 이를 발견한 왜군이 깜짝 놀라 말했다.

"이 군대는 사람마다 이런 박을 허리에 차고도 움직임이 나는 듯이 빠르니, 얼마나 용맹한지 가히 알 수 있다!"

마침내 서로 주의를 주어 감히 김천일의 군대에 맞서지 말도록 했다. 이 때문에 왜군은 김천일의 군대를 만나면 싸우지 않고 피해 흩어졌다. 그리하여 김천일은 여러 차례 큰 공을 세울 수 있었는데, 이는 모두 그 아내의 덕이었던 것이다.

백거추전

백거추[1]는 조선 중엽의 인물이다. 8척 장신에 완력이 남달랐으며, 의기를 좋아하고 신의를 중시해서 한번 약속한 일은 목숨을 걸고 지켰다. 게다가 문무의 재주를 겸비했기에 세상 사람들은 그를 호걸스러운 선비라고 일컬었다.

백거추가 남도에 가서 추노[2]를 마치고 말 대여섯 마리에 짐을 실어 서울로 올라오던 때의 일이다. 깊은 협곡 안으로 들어서니 어느덧 가을해가 뉘엿뉘엿 지고 있었다. 사방에는 인가가 보이지 않아 갈림길에서 방황하고 있는데, 어떤 사람이 백거추가 탄 말 앞을 지나갔다. 백거추가 물었다.

✿✿✿✿

1. **백거추白居秋**　이항복李恒福이 지은 「유연전」柳淵傳에 나오는 백거추白居鰍와 동일인이 아닐까 생각된다. 「유연전」에서는 백거추가 대구의 무인武人이며 유유柳游의 장인이라고 했다. 유유의 아우인 유연柳淵의 옥사獄事가 16세기 중엽에 벌어진바, 백거추는 줄잡아 16세기의 인물일 것이다.
2. **추노推奴**　이전의 자기 집 노비였던 사람이 다른 곳에 가서 살아 자손이 번성하게 되었을 때 조상의 노안奴案(노비의 이름을 적은 장부)에 의거하여 그 자손에게서 몸값을 받던 일. 혹은 도망간 노비를 잡아 데려오는 일. 여기서는 전자에 해당한다.

"자넨 뭐 하는 사람인가?"

"산골짜기 안에 사는 백성인데, 마침 약간 여의치 않은 일이 있어서 지금 집으로 돌아가는 중입니다."

"자네 집은 어딘가?"

그 사람은 산골짜기 안을 손가락으로 가리켰다.

"저깁니다."

백거추는 기뻐하며 말했다.

"날이 저물었는데 내가 지금 길을 잃고 헤매던 중이었네. 자네 집에서 묵어가도 괜찮겠나?"

그 사람이 허락하고 앞장서자 백거추는 그 뒤를 따랐다. 구름을 뚫고 안개를 가르며 산 넘고 물 건너 굽이굽이 산길을 돌아 깊숙이 들어가니 과연 마을이 하나 있었다. 그 사람이 말했다.

"가운데 커다란 집이 저희 주인댁인데, 손님방이 따로 있어서 길손을 잘 대접해 주십니다."

백거추는 기뻐하며 말했다.

"'활인지불이 골마다 있다'³던 말이 바로 이 경우구먼."

백거추는 즉시 앞으로 나아갔다. 대문 밖에 건장한 체구의 늙은 하인이 있었다. 하인은 나와서 백거추를 맞이하더니 들어가

<hr />

3. **활인지불活人之佛이 골마다 있다** 사람을 살려주는 부처가 마을마다 있다. 도와주는 풍속은 세상 어디나 있다는 속담.

76

주인에게 아뢰고 대청 위로 맞아들였다.

대청 바닥에는 화문석이 깔려 있고, 병풍이 휘황찬란했다. 깃털이 달린 붉은 모자를 쓰고 무늬 있는 비단옷을 입은 주인이 백거추를 맞아 읍揖하고 마주 앉았는데, 마치 친구를 대하는 것처럼 태도가 은근했다. 주인은 하인들에게 분부하여 행랑채에서 백거추의 하인과 말을 편히 쉬게 하라고 했다. 주인은 또 저녁 식사를 내오게 했는데, 세상의 온갖 진귀하고 맛있는 음식이 다 있었다.

식사를 마치고 백거추는 물러가 쉬고 싶다고 했다. 주인은 그러라고 하며 사람을 시켜 등불을 들고 앞장서 인도하게 했다. 방에 이르러 보니 방 안에 있는 이부자리며 휘장이 모두 화려하기 짝이 없었다. 또 시중드는 여자도 있었는데 용모가 몹시 사랑스러웠다. 백거추는 의심스러운 생각이 들었다.

'여기는 꼭 관아 같구먼. 하지만 아무리 큰 관아라 하더라도 지나는 길손을 이렇게 대접한다는 건 분수에 맞지 않는 일이지. 게다가 방으로 들어오는 길은 구불구불해서 위험할 지경인데, 이건 무슨 까닭일까? 내 하인들을 불러다 물어보고 싶지만 밤이 너무 깊었어. 하지만 새벽닭이 울면 곧바로 나갈 길손이니 뭐 그리 염려할 일이야 있겠나?'

그렇게 생각하고는 시중드는 여자와 잠자리를 함께했다. 막 잠이 들려고 할 때, 여자가 홀연 한숨을 쉬고 혀를 차며 연신 '안됐다, 안됐어!' 하는 소리가 들렸다. 백거추는 괴상한 일이다 싶어 물었다.

"자네는 뭘 그리 서글퍼 하나?"

여자는 말을 꺼낼 듯하다가 말았다. 뭔가 두려워하는 게 있는 듯했다. 백거추가 채근해 묻자 여자는 목소리를 낮추어 말했다.

"이 집 주인은 좋은 사람이 아니라 큰 도둑입니다. 이 협곡 안에 살며 길손을 유인해서 술을 취하도록 실컷 마시게 한 뒤 깊은 밤 잠에 곯아떨어졌을 때 죽이고 재물을 빼앗는답니다. 저희 무리 수백 명은 모두 양갓집⁴ 여자들인데 주인에게 사로잡혀 있습니다. 문밖에 필시 칼을 들고 지켜선 자들이 있을 것 같아 감히 함부로 발설할 수 없었습니다. 보통사람과는 다른 분인 듯한데 함정에 잘못 빠지신 것 같아, 이 때문에 안됐다고 한 것입니다."

백거추는 그 말을 듣고 깜짝 놀라 여자에게 말했다.

"자네는 안심하고 기다리게. 나는 본래 수많은 사내가 한꺼번에 덤벼도 당해 내기 어려운 용맹을 지녔네. 그러니 내가 도적 무리를 죄다 없애고 나서 자네 무리들이 모두 자기 집으로 돌아갈 수 있게 해 주겠네."

곧바로 저고리를 단단히 동여 입었지만, 수중에는 무기로 쓸 작은 쇳조각 하나 없었다. 다만 옷자락을 찢어서 신발 안을 꽉 채

꽃꽃꽃꽃

4. **양갓집** '양민良民의 집'이라는 뜻과 함께 '좋은 지체의 집안'이라는 뜻도 있다. 뒤에서 밝혀지듯 이 여자는 사족士族 여성이다.

78

위 넣어 신발이 벗겨지지 않게 만든 다음 가만히 굽은 길가로 나와 몸을 숨기고 기다렸다.

잠시 후에 과연 도적 한 놈이 긴 칼을 들고 왔다. 백거추는 도적이 자기 앞을 지나가도록 내버려 두었다가 그 뒤에서 도적을 힘껏 발로 차서 땅에 쓰러뜨렸다. 칼을 빼앗아 도적을 베니 도적은 뜻밖에 당한 일이라 비명을 지를 겨를도 없이 죽고 말았다. 이어서 또 도적 한 놈이 오자 칼로 베었고, 또 한 놈이 뒤이어 오자 칼로 목을 베었다.

살금살금 나가 보니 도적떼가 사방을 에워싸고 있었고, 그 두목은 의자에 높이 앉아 있었는데, 대낮처럼 환히 불을 밝혀 놓았다. 백거추는 칼을 휘두르며 곧장 두목을 향해 돌진했다. 귀 막을 겨를도 없이 울리는 천둥소리처럼 단박에 뛰어들자 도적 두목은 황급히 칼을 뽑아 들었지만 그 사이에 이미 머리가 땅에 떨어졌다.

도적 무리가 벌떼처럼 달려들었다. 백거추는 두목의 칼까지 빼앗아 양손에 칼을 들고 휘둘렀다. 칼에 맞은 도적들은 모두 죽거나 다쳤고, 나머지 도적들은 사방으로 흩어져 도적은 단 한 명도 남지 않았다. 오직 부녀자들만 남아 있을 뿐이었다.

백거추는 잡혀 있던 여자들을 모두 불렀다. 좀 전에 백거추의 시중을 들던 여자도 그중에 있었다. 백거추가 시중들던 여자에게 말했다.

"어떤가?"

여자는 감히 올려다보지 못하고 머리를 조아릴 따름이었다.

얼마 뒤 날이 밝아왔다. 백거추는 자신의 하인들을 찾아가 보았다. 모두 손이 뒤로 묶인 채 거꾸러져 있기에 급히 풀어 주고 치료하게 했다. 하인 하나가 말했다.

"이 집 주인이 술을 권하더니 저희가 잠든 틈에 결박을 하고는 '너희 주인을 죽인 다음 너희를 죽이겠다'고 말했습니다. 조금 전에 살벌한 소리가 들리기에 저희는 나리께서 해코지를 당하신 줄로만 알았습니다. 나리께서 도리어 도적들을 죽여서 나리와 저희가 살게 되리라고는 꿈도 못 꿨습니다."

백거추는 잡혀 있던 여자들에게 그들의 부모형제가 사는 곳을 일일이 묻고는 각자 자기 집으로 돌아가게 했다. 도적의 창고에 있던 재물을 모두 풀어 여자들에게 나누어 주었고, 자신은 한 사람의 여자도 데리고 가지 않았다. 백거추의 시중을 들던 여자가 울며불며 따라가기를 원하자 백거추는 이렇게 말했다.

"자네는 내 생명의 은인이니 버려둘 수 없네. 하지만 이미 사족士族 여자라는 걸 알았으니 내가 데려가는 건 의롭지 못한 일일세."

백거추는 그 여자의 집으로 함께 가서 여자의 부모에게 자신이 추노하여 싣고 오던 물건을 모두 내주었다. 그러고는 여자의 부모에게 여자가 겪은 일을 절대 발설하지 말고 적당한 사윗감을 골라 시집보내라고 한 뒤, 말을 타고 돌아왔다.

　얼마 안 있어 백거추는 무과武科에 장원급제했다. 이후 여러 번 병마절도사5에 임명되어 명성이 나라 안에 널리 퍼졌으므로 거리에서 뛰노는 아이들조차 백거추의 이 이야기를 하고 다녔다.

5. **병마절도사**　각 도의 육군 총사령관.

보령 소년

홍대용

유柳 아무개란 사람은 성품이 순박하고 허튼 말을 하지 않았다. 언젠가 보령[1]에 갔다가 날이 저물어 길을 잃은 적이 있었다. 이리저리 돌아 수십 리 길을 들어가니, 문득 깎아지른 듯 서 있는 푸른 절벽이 보였다. 골짜기는 깊고 으슥했으며 산길에는 풀이 무성해서 어디로 가야 할지 알 수 없었다.

말에서 내려 서성이고 있는데, 문득 절벽 위에서 사람의 소리가 들렸다. 유柳는 등나무를 움켜잡으며 힘겹게 벼랑 위로 올라갔다. 그곳에는 작은 초가집이 있고 소나무와 대나무가 호젓하게 서 있었다. 그 가운데 한 소년이 보였다. 소년은 초립을 쓰고 쪽빛 적삼을 입었는데, 용모가 매우 준수했다. 소년은 문에 기대 뭔가 골똘히 생각하는 양 한곳을 응시하고 있다가 손님이 오는 것을 보고는 바삐 마루에서 내려와 맞으며 몹시 공손하게 예를 갖

<hr>

1. **보령** 충청남도에 있는 땅 이름.

추었다. 유는 속으로 이상한 일이라 생각하며 소년과 이야기를
나누어 보았다. 소년은 강물이 거침없이 흐르듯 말을 잘했으며,
품은 뜻이 매우 크고 의기가 당당해 보였다.

이윽고 저녁을 내오는데 산해진미가 다 들어 있어 지극히 맛있
었다. 유가 물었다.

"산속에서 이런 음식을 어찌 얻었소?"

소년은 웃기만 할 뿐 대답하지 않았다. 유는 더욱 놀랍고 기이
하게 여길 따름이었다.

밤이 깊어 가는데 누군가를 부르는 소리가 멀리서 들리더니 점
점 가까워졌다. 소년이 말했다.

"손님, 잠시 기다려 주십시오. 제가 약속한 일이 있는데 어길
수가 없습니다."

마침내 표연히 소매를 떨치며 나갔다.

유가 창틈으로 엿보니 소년을 부른 자 역시 소년이었고, 두 사
람의 옷차림 또한 흡사했다. 두 소년은 손을 잡고 나가더니 높다
란 벼랑과 험한 산비탈을 평지 달리듯이 가는데 마치 날아가는
것처럼 빨랐다.

유는 너무도 놀랍고 두려운 마음에 잠을 이루지 못했다. 문득
벽장을 보니 자물쇠가 걸려 있지 않은 것이었다. 벽장을 열어 보
니 몇 개의 시렁에 옛날 책들이 놓여 있는데, 모두 병서兵書였다.
또 기러기 털이 몇 상자 있었고, 벽에는 긴 검은색 옷이 한 벌 걸

려 있을 뿐 그밖에 다른 것은 없었다. 유는 더욱 의심스러워 하며 괴이하게 여겼다.

얼마 뒤에 소년이 돌아왔다. 소년의 안색이 문득 바뀌었다.

"나는 처음에 당신을 좋은 사람이라 여겼거늘, 왜 내가 없는 틈을 타서 몰래 내 책을 훔쳐보았소? 그대는 나를 속이려 하오?"

유는 소년을 속일 수 없다는 걸 알고는 곧바로 사과하고 말했다.

"그대는 필시 세상을 피해 숨어 사는 이인異人이신가 보군요. 병서는 그대가 보던 것이겠습니다만 검은 옷과 기러기 털은 무엇에 쓰는 물건입니까?"

"함부로 입을 놀릴 사람이 아니란 걸 알고 있으니, 한번 보여 드리겠소. 잘 보시오."

소년은 기러기 털을 꺼내 방 안에 흩어 놓고는 검은 옷을 입었다. 그러고는 방 안을 빙 돌며 질주했는데 기러기 털이 단 하나도 움직이지 않는 것이었다. 달리는 데 특별한 기술이 있어서였다. 유는 몹시 신기해 하며 좀 전에 어디에 다녀왔는지 물었다.

"아까 왔던 소년의 원수가 고성[2]에 사는데, 몹시 악독한 자이지요. 그동안 소재를 파악할 수 없었는데, 오늘밤 마침 집에 있다기에 함께 가서 죽이고 왔소."

유는 생각했다.

2. **고성** 경상남도 동남단의 바닷가 연안에 있는 땅 이름.

'보령에서 고성까지는 천 리 가까운 길이다. 그 짧은 시간에 갔다 오다니 날아다니는 새가 아니고서는 불가능한 일 아닌가.'

속으로 내내 놀라워하며 이런저런 이야기를 나누다가 아침이 되자 작별을 했다. 소년은 당부했다.

"당신이 만일 세상에 내 얘기를 꺼낸다면 나는 당신의 가족을 모두 없애 버리고 말 것이오. 부디 조심하시오!"

유는 비밀을 지키기로 약속하고, 나오는 도중 곳곳에 풀을 묶어 길을 표시해 두었다. 한 달 남짓 지나서 유는 다시 그곳을 찾아갔지만 끝내 그 집을 찾을 수 없었다.

유는 소년의 말이 두려워 평생토록 그 이야기를 감히 꺼내지 못하다가 죽기에 이르러서야 아들에게 말했다.

"나는 이제 곧 죽을 것이다. 이인의 일이 끝내 세상에 전하지 않게 할 수는 없구나."

유가 죽은 뒤 세상에 비로소 그 이야기가 전해졌으니, 사람들은 모두 이 일을 기이하게 여겼다.

아아! 소년은 참으로 이인이라 할 만한 사람이다. 부귀는 모든 사람이 원하는 것이거늘, 소년은 그처럼 대단한 재주를 가지고도 초연히 궁벽한 산골짜기에 숨어 살았으니, 부귀를 뜬구름처럼 보는 사람이 아니라면 어찌 그럴 수 있었겠는가! 소년이야말로 공자孔子께서 말씀하시던 "남이 알아주지 않아도 서운해 하지 않는"[3]

사람이 아닐까?

비록 그렇긴 하지만 섭정[4]이 검을 휘둘러 사람을 죽였기에 주자[5]는 그를 도적으로 간주한 바 있다. 소년 역시 협객俠客의 무리라 할 수 있을까? 아니면 의기 있는 젊은이로서 도저히 참을 수 없는 일이 있어서 그랬던 것일까? 훗날 글 읽기를 더욱 오래 해서 날카로운 혈기를 차츰 누그러뜨린 뒤로는 이런 일을 달가워하지 않게 되었을지 어찌 알겠는가?

이런 사람이야말로 참으로 가슴속에 도道를 품고 조용히 지내며 때를 기다려야 했을 터인데, 애석하다, 결국 세상에 쓰이지 못하고 죽었을 테니. 초야에 묻혀 사는 선비들 중에 소년과 비슷한 사람이 어찌 적겠는가? 문왕[6]이 있었기에 강태공이 존재했던 것이요, 소열[7]이 있었기에 제갈공명이 존재했던 것이다. 그러니 지금 문왕과 소열 같은 분이 없는데 '세상에 강태공과 제갈공명이 없다!'라고 한탄한다면 그 사람은 참으로 망령된 자가 아니겠는가!

꽃꽃꽃꽃

3. **남이 알아주지~서운해 하지 않는** 『논어』論語「학이」學而에 나오는 말.
4. **섭정**聶政 중국 전국시대의, 검술에 능했던 협객. 엄중자嚴仲子의 부탁으로 그 원수인 한韓나라 재상 협루俠累를 살해하고, 엄중자를 보호하기 위해 스스로 자신의 얼굴 가죽을 벗긴 뒤 목숨을 끊었다.
5. **주자**朱子 남송南宋의 학자 주희朱熹를 말한다.
6. **문왕**文王 주周나라 무왕武王의 아버지. 일흔 살의 강태공姜太公을 등용하여 새 왕조 창업의 기틀을 마련했다.
7. **소열**昭烈 촉한蜀漢의 군주 유비劉備의 시호諡號. 삼고초려 끝에 제갈공명을 신하로 맞았다.

이장군전

이안중

이장군李將軍은 중국의 연燕[1] 지방 사람으로, 검술에 능하여 발해
와 갈석산[2] 일대에서 명성이 높았다. 갑신년(1644)에 명나라가 망
하자 난리를 피해 우리나라로 들어와 몇 년을 살았는데 이름이
알려지지 않았다. 평안감사 아무개만이 그의 용맹을 알아보고 막
하로 불러들여 군사 일을 총괄하게 했다.

언젠가 이장군이 평안감사의 명을 받아 서울에 갔다가 돌아오
던 때의 일이다. 강가에 이르렀는데, 유생儒生 한 사람이 누군가에
게 뺨의 급소를 타격당한 채 말을 타고 달려왔다. 유생은 자신의
발을 움켜잡고 급히 소리쳤다.

"어서 나를 좀 구해 주십시오!"

장군이 무슨 일인지 묻자 유생은 말했다.

---

1. **연燕** 지금의 중국 하북성河北省 일대.
2. **발해와 갈석산** '발해'渤海는 요동반도와 산동반도 사이에 만입灣入한 바다. '갈석산'碣石山은 하
북성 발해 바닷가에 있는 산.

"우선 제 발부터 빼 주십시오!"

다가가서 보니 쇠로 만든 양쪽의 등자[3]가 꺾여서 그 사이에 낀 발이 거의 부러질 지경이었고, 등자에는 손으로 휜 자국이 있었다. 장군은 등자를 곧게 펴서 유생의 발을 빼 주고 물었다.

"누가 등자를 꺾었소?"

유생은 울며 말했다.

"제가 아내와 함께 배를 타고 강을 건너는데, 어떤 중이 갑자기 배에 오르더니 무례하게도 가마에 친 주렴을 들춰 보는 것이었습니다. 제가 나무랐더니 중이 성을 내며 손가락을 퉁겨서 제 뺨의 급소를 찔렀습니다. 저는 황급히 배에서 내려 말을 타고 목숨을 건지기 위해 달아났습니다. 그러자 중은 저를 쫓아와 제가 탄 말의 등자를 손으로 우그러뜨렸습니다. 장군께서 이 곤액으로부터 저희를 구해 주시기를 간절히 바랍니다. 중은 지금 가마 앞에서 온갖 음탕한 짓거리로 제 아내를 희롱하고 있습니다."

장군은 몹시 화가 나서 웃통을 확 찢더니 곧장 그 배로 달려가 중을 꾸짖었다.

"중이 어찌 이런 짓을 하느냐?"

중은 웃으며 말했다.

"너는 왜 죽음을 재촉하느냐?"

❀❀❀❀

3. **등자** 말등자. 말을 탔을 때 두 발을 디디는, 쇠로 만든 물건.

장군이 성을 내며 노를 뽑아 들자 노가 부러졌다. 장군은 부러진 노를 들고 중에게 달려갔다. 중 역시 쇠 지팡이를 들고 힘을 다해 치니 노를 가지고는 당해 낼 수 없었다. 장군은 더욱 분노하여 노를 버리고 1백 걸음을 물러났다가 힘차게 앞으로 달음박질하며 주먹으로 중을 쳤다. 중의 팔이 부러졌다. 중은 이제 왼손으로 지팡이를 잡고 공격해 왔다. 장군은 발로 차서 중을 고꾸라뜨렸다. 쓰러진 중의 가슴팍을 발로 밟고 주먹으로 그 머리를 부수니 두개골이 비처럼 날아 흩어졌다. 강가에서 구경하던 사람들은 모두 장군의 의리에 감복하는 한편 장군의 놀라운 용맹에 두려운 마음이 들어 벌벌 떨었다. 평안감사는 이 소식을 듣고 더욱 장군을 우대했다.

　평안감사가 감영에 있을 때는 항상 호위하는 병사들이 매우 많았다. 어느 날 문득 키가 10척 남짓이나 되는 중이 손에 쇠 지팡이를 든 채 문을 밀치고 감영으로 들어왔다. 감영의 하인들은 감히 중을 제어하지 못했다. 중은 감사 앞으로 와 큰 소리로 말했다.

　"그대의 막하에 장군이 있다던데 그렇소?"

　감사는 말했다.

　"그렇소."

　"그 자가 무도하게 우리 고승高僧을 죽였으니 법에 따르면 사형에 처해야 하오. 고승을 위해 복수하려 하니 불러오시오!"

　감사는 두려워 감히 중의 말을 거스르지 못하고 이렇게 대답했다.

"마침 감영에 없으니 나중에 오면 말씀대로 하겠소이다."

"한 달 뒤에 다시 올 테니, 어기지 마시오!"

중이 나가자 감사는 장군을 불러 사정을 알려 주었다. 장군은 눈물을 흘리며 말했다.

"제가 중국에 있었다면 그 중을 왜 두려워하겠습니까? 하지만 저는 이제 죽었습니다!"

"어째선가?"

"제가 중국에 있을 때는 항상 배불리 먹고 마셨기에 가는 곳마다 저를 대적할 자가 없었지요. 하지만 지금은 충분히 배를 채우지 못하는 까닭에 용력도 그만큼 줄어들었습니다. 그러니 죽음을 어찌 피할 수 있겠습니까? 이 때문에 눈물을 흘리는 겁니다."

"우리 감영이 아무리 가난하다 한들 한 사람쯤이야 배불리 못 먹이겠나?"

"한 번 식사할 때마다 쌀 한 섬과 소 한 마리를 먹으며 한 달 동안 용력을 기른다면 어찌 그깟 중을 두려워하겠습니까?"

감사는 장군의 말대로 해 주겠다고 했다.

한 달이 지나자 그 중이 과연 다시 와서 감사에게 말했다.

"그 자가 돌아왔소?"

"그렇소."

그때 장군이 나서며 말했다.

"너는 뭐하는 중이기에 나를 찾느냐?"

중이 말했다.

"애송이 녀석이 무도하게 우리 불교를 멸시하고 우리 고승을 죽이다니! 살인한 자는 사형에 처하게 되어 있으니, 어서 목숨을 내놓아라. 감히 후회하지 말고!"

장군이 말했다.

"너희 오랑캐 녀석들은 계율을 지키지 않고 네 고승이란 자를 못되게 가르쳐서 방자하게 흉악한 짓이나 일삼으며 사대부가의 여자를 음탕하게 희롱케 했다. 그런 자를 죽이는 건 죄가 아니다. 그 자는 다행히도 그 자리에서 죽였거니와, 네 죄를 따져 보니 역시 베어 죽여도 시원찮다. 나는 항상 너희 소굴을 소탕하고 너희 흉악한 무리들을 모조리 베어 민폐를 없애고 싶었다. 오늘 싸움으로 너는 감히 죽음을 피하지 못할 테니 어서 와서 목숨을 내놓아라!"

중은 몽둥이를 휘두르며 펄쩍 뛰어나오며 외쳤다.

"허튼소리 집어치우고 한번 싸워 보자!"

장군 역시 몽둥이를 들고 중을 쳤다. 양쪽의 몽둥이가 서로 부딪치자 천둥 치는 소리가 났다. 장군이 서쪽에 있고 중이 동쪽에 있는가 싶더니 홀연 남북으로 위치가 바뀌었다. 중이 왼쪽에 있고 장군이 오른쪽에 있는가 싶더니 홀연 중이 위에, 장군이 아래에 있는 것이었다. 100여 합을 맞섰지만 승패를 가릴 수 없었다.

중이 외쳤다.

"몽둥이 쓰는 재주가 비슷해서 자웅을 가릴 수 없구나. 검으로 승부를 가리자!"

"좋다!"

각기 검을 빼 들고 서서 한참 마주보았다. 중이 앞으로 나오자 장군도 앞으로 나왔다. 장군이 검을 휘두르자 중이 맞받아 싸웠다. 한쪽의 검술이 서리 같다면 다른 한쪽은 눈과 같고, 한쪽의 검술이 별이 흐르는 것 같다면 다른 한쪽은 구름이 흘러가는 것 같았다.

얼마 뒤 장군의 모습은 보이지 않고, 중 혼자 앞으로 나왔다 뒤로 물러났다 하는 모습만 보였다. 잠시 후에는 중의 모습이 보이지 않고, 중의 검만 보였다. 또 잠시 후에는 검도 보이지 않고 쏴쏴 바람 소리만 들리며 싸늘한 기운이 하늘에 가득했다. 구경하는 이들에게는 아무것도 보이지 않았고, 때때로 구름 속에서 칼 부딪치는 소리만 들려왔다.

얼마 뒤에 한 점 별처럼 보이는 것이 마당에 깔린 벽돌에 떨어졌다. 자세히 보니 피였다. 구경하던 이들은 괴이하게 여겼다. 또 얼마 뒤에 하늘에서 피가 비처럼 쏟아져 내렸다. 감사는 장군이 죽은 게 아닌가 걱정되어 장군의 모습을 찾으려 했다. 그러나 아무것도 보이지 않아서 다만 "장군! 장군!" 하고 외칠 뿐이었다.

또 얼마 뒤에 검 한 자루가 떨어졌는데, 누구의 검인지 알 수 없었다. 누군가 말했다.

"장군이 쓰던 검입니다!"

또 얼마 뒤에 팔 한쪽이 떨어졌다. 감사가 놀라 묻자 누군가 말했다.

"장군의 팔입니다."

다른 이는 이렇게 말했다.

"팔 길이로 봐선 장군의 팔이 아닙니다."

또 얼마 뒤에 다리 한쪽이 떨어졌다. 감사는 더욱 놀랐다. 누군가 말했다.

"장군의 정강이 같습니다."

다른 이는 이리 말했다.

"장군의 다리가 아닙니다."

또 얼마 뒤에 머리가 떨어졌다. 구경하던 이들이 여기저기서 말했다.

"머리다!"

감사가 급히 가서 살펴보니 삭발해 까칠까칠한 게 중의 머리임을 알 수 있었다. 그러나 두 사람이 모두 죽은 게 아닐까 걱정이 되어 말했다.

"머리는 비록 중의 것이지만, 팔과 다리가 장군의 것이 아닌지 어찌 알겠나?"

조금 있자 장군이 뜰에 내려섰다. 장군은 웃으며 감사 앞으로 나와 절을 했다. 감사는 기뻐하며 말했다.

"처음 팔과 다리가 떨어질 때 나는 장군의 팔다리인가 했지만, 머리를 보고서야 장군이 아니라는 걸 알았네. 나는 이제야 장군이 대단한 용사라는 걸 알게 됐어. 그 중은 실력이 어떻던가?"

"중의 용맹은 신묘해서 조선에는 대적할 자가 없을 것입니다. 몽둥이를 쓰는 재주는 저와 우열을 가리기 어려웠고, 검술 또한 그러했습니다. 다만 저는 12단계의 검술을 할 줄 알지만, 중은 거기에 3단계가 미치지 못해 제 손에 죽고 말았습니다."

이에 감사는 장군의 용맹을 기려 상으로 은 300냥과 비단 200필을 내리고 소고기와 술을 대접하여 피로를 풀게 했다.

감사의 형 역시 용사였는데, 장군이 용맹하다는 말을 듣고 장군에게 씨름을 해 보자고 했다. 장군이 하려 들지 않자 감사의 형은 장군이 자신에게 겁먹은 것이라 여기고 감사에게 부탁했다.

"장군과 씨름을 해 보고 싶은데 장군이 하려 들지 않으니 감사가 권해 보시게."

간절히 요청하자 감사는 거듭 거절하다가 마지못해 장군에게 말했다.

"우리 형이 장군과 씨름해 보길 원하는데, 왜 응하지 않나?"

"다치실까 해서입니다."

"형이 저렇게 하고 싶어 하니 다친다 한들 어찌겠나? 하지만 모쪼록 온 힘을 다하지는 말게."

"형님께서 질 것은 분명합니다만 돼지 한 마리를 잡아 놓았다가 씨름이 끝나는 대로 제게 던져 주시기 바랍니다. 그렇게 하지 않으면 형님을 해치게 될 겁니다."

이튿날 장군은 감사의 형과 씨름을 했다. 한 번 제대로 힘을 겨루기도 전에 감사의 형은 과연 장군에게 지고 말았다. 감사의 형은 발로 마당을 구르며 분을 참지 못했다. 장군은 형의 가슴을 누른 채 검을 뽑아 찌르려 했다. 감사는 황급히 장군이 가르쳐 준 대로 잡아 둔 돼지를 던졌다. 그러자 장군은 마침내 형을 풀어 주고 검의 방향을 바꾸어 돼지를 베더니 돼지 한 마리를 다 먹고서야 일어섰다.

"하마터면 형님의 목숨을 끊을 뻔했습니다."

감사가 그 무례함을 꾸짖자 장군은 절하고 말했다.

"주인을 섬기는 용사는 용맹을 비축해 두었다가 어려울 때 나서야 하는데, 상대를 죽이기 전에는 그만두지 않는 법입니다."

감사의 형은 한참 뒤에 되살아나 죽을 때까지 감히 자신이 용맹하다는 말을 하지 못했다.

평자[4]는 말한다.

"형가[5]와 고점리[6]와 진무양[7] 이래로 연燕 땅에는 늘 이름난 협

4. **평자**平子 작자 이안중의 자字.

객이 많았으니 그 풍토와 기운이 남다른 곳임을 알 수 있다. 장군
역시 그러한 부류가 아니겠는가.

장군은 갑신년(1644)의 난리를 피해 우리나라에 왔다고 했으
니, 헤아려 보건대 그때는 분명 우리나라 효종 재위기(1649~1659)
가 된다. 효종 때는 대의大義를 부르짖으며 북벌⁸을 꾀하였기에 용
사를 구하는 데 목말라 했으니, 만일 한번 장군의 명성을 듣고 중
용했다면 어찌 고문顧問의 역할에 그쳤겠는가? 장군은 변방의 군
막에서 생을 마쳤으니 설사 남들은 몰랐다 할지라도 세 번이나
그 용맹을 본 평안감사야 어찌 몰랐다고 할 수 있겠는가? 알면서
도 그 사람을 쓰지 않은 것은 알지 못한 것과 같다.

장군이 쓰였다면 틀림없이 북벌에 나설 수 있었을 것이요, 북
벌에 나섰다면 오랑캐는 남김없이 사라졌을 것이다. 그러나 오랑
캐가 중국에서 주인 노릇을 한 지도 어언 200년이니, 이 역시 하
늘의 명일 것이다. 그러니 장군을 등용해서 오랑캐의 씨를 없애
는 일을 하도록 하늘이 어찌 내버려 두었겠는가? 그러나 무도한
중을 죽이고 민폐를 없앴으니, 아아, 장군은 또한 쓰였다고 이를
만하다.

---

5. **형가荊軻** 전국시대 연燕나라의 자객. 진시황을 살해하려 했으나 실패하여 죽임을 당했다.
6. **고점리高漸離** 전국시대 연나라 사람으로, 형가가 죽은 뒤 재차 진시황을 살해하려 했으나 실패하
여 죽임을 당했다.
7. **진무양秦舞陽** 진시황을 살해하기 위해 형가와 함께 진秦나라로 갔던 젊은 장군.
8. **북벌北伐** 효종 때 청나라를 치고자 한 계획.

오대검협전

김조순

오대산의 검협[1]은 어떤 사람인지 자세히 알 수 없다.

　영조英祖 때 서울에 서생徐生이란 사람이 있었는데, 풍수설에 푹 빠져 있었다. 서생은 오대산에 갔다가 정상에 올라 멀리 용맥[2]이 중첩되어 있는 곳을 바라보고는 그 기이한 모습을 자세히 보고 싶은 마음이 들었다.

　시냇물을 건너고 고개를 넘어 몇 리나 가서 한 숲에 이르자 날이 벌써 저물었다. 사방을 둘러봐도 인가가 보이지 않았다. 마음이 다급해져 가시덤불을 헤치며 길을 찾았지만 하늘이 차츰 어두워져 동서를 분간할 수 없었다. 몹시 황급하여 어쩔 줄 모르고 있는데, 문득 등불 빛이 나뭇잎 사이로 반짝반짝 빛나고 있었다. 서생은 몸을 바짝 낮추고 빛이 나는 곳을 향해 걸었다.

---

1. **검협劒俠** 검에 능한 협객.
2. **용맥龍脈** 풍수설에서, 산의 정기가 흐르는 산줄기를 이르는 말. 그 정기가 모인 자리가 혈穴이다.

숲이 끝나는 지점에 초가집이 있었다. 서생이 문을 두드리자 한 청년이 나오더니 깜짝 놀라며 말했다.

"여기는 호랑이와 표범이 우글거리는 곳입니다. 손님은 뉘십니까?"

여기까지 오게 된 사정을 말하자 청년은 반가운 얼굴로 말했다.

"맹수가 많은 산중에 인가라고는 저희 집뿐인데, 손님께서 다행히도 여기까지 오셨군요."

청년은 즉시 서생을 맞아 당^堂 위에 앉히고는 집 안에 있는 사람에게 말했다.

"손님이 허기를 채우시도록 빨리 밥상을 올려라."

청년은 나이가 30여 세쯤 되어 보였다. 용모가 수려하고 기운이 온화해서 시골 서생의 태가 전혀 없었다. 방 안에는 책장 가득 책이 있었고, 사방 벽에는 먼지 한 점 없었다. 서생이 성씨를 묻자 청년은 말했다.

"천천히 말씀드리지요."

잠시 후 식사를 마치고 청년은 손님과 대화를 나누며 산중에서 무엇을 봤는지, 그리고 우리나라 산천의 풍수가 어떠한지를 묻는데, 그 태도가 몹시 정성스럽고 상냥했다.

밤 10시 무렵이었다.

"손님께선 고단하실 테니 일찍 누우시기 바랍니다. 저는 할 일이 있어 조금 있다가 자겠습니다."

청년은 자기 자리에 손님을 눕게 한 뒤, 자신은 손님을 등지고 앉아 등불을 매달아 놓고 책을 읽는데 소리가 낭랑해서 듣기 좋았다.

서생은 한참 깊은 잠에 빠졌다가 문득 하품을 하며 잠에서 깨어났다. 누운 채 곁눈질로 청년의 뒷모습을 보니 여전히 꼼짝 않고 단정하게 앉아 있는 것이었다. 그때 홀연 문밖에 소리가 들리는데, 낙엽이 사각 떨어지는 소리 같았다. 방 안에서 청년이 소리를 낮추어 물었다.

"왔나?"

문밖에서 소리가 났다.

"왔어!"

밖에 있던 이가 문을 열고 들어오려다가 멈칫하며 말했다.

"누워 있는 사람은 누군가?"

"괜찮아. 산에서 길 잃은 사람이야."

청년은 그렇게 말하더니 서생을 살며시 흔들며 연이어 물었다.

"주무십니까? 주무세요?"

서생은 의심스러운 생각이 들어 일부러 대꾸하지 않고는 드르렁드르렁 코를 골며 잠에 취한 척했다.

"깊이 잠들었군."

그러자 밖에 있던 이가 곧바로 안으로 들어왔다. 서생이 실눈을 뜨고 몰래 훔쳐보니 키가 크고 체구가 늠름한 어떤 청년이 등불 그림자 아래에 비켜서 있었다. 새로 온 청년이 말했다.

"가세."

청년은 즉시 일어나 안방으로 들어가더니 작은 고리[3]를 가지고 와서 뚜껑을 열었다. 속에는 비수 두 자루와 뭔가 보자기에 싼 것이 있었다. 두 사람은 입고 있던 옷을 벗고 보자기 안에 들어 있던 옷을 꺼내 입었다. 한 벌은 파란색이고, 한 벌은 노란색이었다. 서생은 몹시 두렵고 놀라워 죽은 사람처럼 더욱 몸을 움츠렸다. 두 사람이 옷을 다 갖추어 입고 문을 나서는데, 어디로 가는지 알 수 없었다.

서생은 가만히 일어나 책장에 있는 책을 뽑아 보았다. 검劍에 관한 책이 많은 것으로 보아 청년이 검협이라는 걸 알 수 있었다. 다시 잠을 청해 보려 했지만 이리저리 몸만 뒤척이며 잠을 이룰 수 없었다.

새벽이 가까워 올 무렵이었다. 문밖에 사각 소리가 나는가 싶더니 두 사람이 벌써 방 안에 들어와 앉았다. 서생이 몰래 엿보니 두 사람은 바닥에 비수를 내던지고 옷을 갈아입은 뒤 서로 손을 잡고 웃는데, 기쁨이 얼굴에 가득했다. 그러고는 또 애처로운 표정으로 몇 줄기 눈물을 떨어뜨리며 한참 말이 없었다. 새로 왔던 청년이 "그만 가네" 하더니 훌쩍 떠났다.

---

3. **고리** 고리버들의 가지나 대오리를 결어 만든 옷상자.

청년이 옷을 정리해서 감추고 서생을 불렀다.

"일어나십시오, 일어나십시오! 괴이하게 여길 일도 없고 두려 워할 일도 없는데, 왜 잠든 척하십니까?"

서생이 그제야 감히 몸을 일으켰다. 무슨 일인지 자초지종을 알고 싶다고 하자 청년은 말했다.

"왔다 간 사람은 함경도 삼수·갑산[4]에 사는 제 친구입니다. 본 래 저와 그 친구, 그리고 또 다른 한 친구는 모두 한 스승 밑에서 배웠지요. 그런데 또 다른 한 친구가 아무 죄 없이 살해당한 일이 있었습니다. 우리 두 사람은 항상 죽은 친구의 복수를 하고자 했 지만, 십수 년이 지나도록 기회를 얻지 못하다가 지금에야 원수 를 죽였습니다."

"그대 같은 재주로 왜 십수 년이나 기다려야 했습니까?"

"그렇지 않습니다. 재주는 하늘을 이길 수 없는 법입니다. 그러 니 신神이라 할지라도 하늘의 힘을 빌려야만 일을 이룰 수 있는 것이지요. 천명이 아직 다하기 전에 제가 무슨 수로 원수를 해칠 수 있겠습니까? 오늘밤 몇 시가 바로 그 자에게 큰 액운이 있는 때였습니다. 이때를 기다리느라 참으로 괴로웠지요."

"그러면 죽일 때 허리를 끊습니까, 목을 자릅니까?"

"그렇게 하지 않습니다. 검술에 서툰 자들이나 그렇게 하는 거

꽃꽃꽃꽃

4. **삼수·갑산** 함경도에 있는 땅 이름.

지요. 검술에 능한 자는 사람을 죽일 때 반드시 바람으로 변신해서 상대의 아홉 구멍⁵으로 들어갑니다. 그러고는 척추부터 발꿈치까지 그 뼈를 낱낱이 끊고 오장육부를 잘게 자르되 바깥 형체는 살갗 한 점이나 터럭 하나도 손상하지 않은 채 몸속을 남김없이 저민 다음에야 통쾌하게 여깁니다."

"원수는 어디에 사는 누굽니까?"

"영남 아무 고을에 사는 부자 아무개지요."

서생은 속으로 그 이름을 기억하는 한편 원수가 사는 곳까지의 거리를 헤아려 보았다. 왕복 1천여 리가 넘는 곳이었다. 서생은 또 물었다.

"왜 처음에는 웃다가 나중에는 울었나요?"

"우선 철천지원수를 통쾌하게 없앴으니 기쁘지 않을 수 없었지요. 하지만 죽은 친구를 생각하니 서글픈 감정이 없을 수 없었습니다."

서생은 몸을 움츠리며 말했다.

"세상에 신기한 검술이 있다는 말은 들어 보았습니다만, 한 번도 볼 기회가 없었습니다. 지금 다행히 그대를 만났으니 한 번 볼 수 있게 해 주신다면 평생의 소원을 풀 수 있겠습니다."

---

5. **아홉 구멍** 사람의 몸에 있는 아홉 개의 구멍. 눈, 코, 귀의 여섯 구멍과 입, 요도, 항문의 세 구멍을 통틀어 이르는 말.

청년은 웃으며 말했다.

"창졸간에 제 하찮은 재주로 손님을 즐겁게 해 드릴 수 있겠습니까?"

청년은 가만히 생각하더니 일어나 다시 안방으로 들어가서는 작은 고리를 가지고 나와 그 뚜껑을 열었다. 고리에는 닭털이 가득 들어 있었다.

청년은 검을 휘두르며 닭털 뭉치 주변을 빙글빙글 돌았다. 어느덧 청년의 모습이 보이지 않았다. 오직 한 줄기 흰 기운이 뻗어 나와 방 안을 빙 에워싸더니, 닭털이 모두 팔랑팔랑 춤을 추며 어지러이 벽 위에 난무했다. 등잔의 파란 불빛이 그에 따라 오르락내리락했고, 차가운 빛과 싸늘한 기운에 모발이 곤두섰다. 서생은 두려움에 몸을 벌벌 떨며 감히 똑바로 앉아 있을 수 없었다. 잠시 후 "쨍!" 하는 소리가 났다. 청년은 검을 바닥에 던진 후 웃고 있었다.

"어설픈 재주를 다 보여 드렸습니다. 잘 보셨습니까?"

서생은 바보처럼 눈을 휘둥그레 뜬 채 벙어리처럼 한마디 말도 하지 못했다. 한참 뒤에 비로소 정신을 차리고 보니, 바닥에 놓인 수천 개의 닭털이 모두 잘려 있었다. 서생은 급히 다가가 청년을 끌어안았다. 청년은 말했다.

"장난삼아 한 짓입니다."

청년은 닭털을 다 쓸어 담아 간직하고 서생과 나란히 잠자리에 누웠다. 서생이 풍수 공부를 그만두고 청년을 따라 검술을 배우고 싶다고 하자 청년은 말했다.

"아무나 배울 수 있는 게 아닙니다. 손님의 관상에는 이런 재주가 없으니, 배운다 해도 성공할 수 없을 겁니다."

이튿날 함께 밥을 먹고 나서 청년은 서생에게 길을 일러 주고 전송하며 주의를 주었다.

"밤에 본 일은 절대 누설하지 마십시오! 만일 누설하면 천 리 밖이라도 곧바로 알 수 있습니다."

서생은 약속하고 길을 떠나서 제 집으로 돌아가지 않고 곧장 영남 아무 고을로 갔다. 아무 성을 쓰는 부자가 그곳에 사는지 물어보니 과연 그 고을에 살고 있다고 했다. 즉시 그 고을로 들어가 조용히 알아보니 그 고을 사람들의 말이 한결같았다.

"그 양반은 아무 달 아무 날 밤에 아무 병 없이 갑자기 죽었다오. 염할 때 보니 시신이 쌀겨를 담은 자루처럼 말랑말랑 오그라들어 있었는데, 마치 뼈나 근육이 하나도 없는 것 같았소. 주위 사람들이 모두 이상하게 여겼지만 어떤 병 때문인지 도통 알 수가 없었소."

서생이 날짜를 헤아려 보니 정말 자신이 오대산에서 묵었던 그날 밤이었다. 서생은 더욱 경탄하며 집으로 돌아왔다.

서생은 자신이 본 일을 감히 남에게 발설하지 못하다가 늙어서야 비로소 친척들에게 이야기했다고 한다.

윤인[6]은 말한다.

"나는 어린 시절에 태사공의 「자객열전」[7]을 몹시 좋아해서 그 글을 읽다가 종종 밥 먹는 것조차 잊을 지경이었다. 당시에 나는 이렇게 생각했다.

'천하에 이보다 기이한 일은 있을 수 없어!'

그러다가 당나라의 소설인 「위십일랑전」[8]이나 「홍선전」[9] 같은 작품을 읽고는 또 한 번 망연자실했다. 비유컨대 형가와 섭정[10] 같은 분들은 맹호가 산을 내려오면 시종 사람의 눈과 귀를 압도함과 같으니, 이분들을 대하면 불끈 용맹한 기운을 내게 된다. 반면 위십일랑이나 홍선 같은 이들은 신령스러운 용이 구름 속으로 들어가 때때로 비늘과 발톱을 보여 줌과 같으니, 그녀들의 신비한 변화는 거의 헤아릴 수 없다. 위십일랑이나 홍선 쪽이 한 수 위인 듯하지만, 각자 처한 상황이 다른 까닭에 그 행적도 다를 뿐이다.

오대산의 검협이 어떤 사람인지 나는 모르지만, 그 검술로 보

6. **윤인聞人** 작자 김조순의 호號.
7. **태사공의 「자객열전」** '태사공' 太史公은 한나라의 역사가 사마천司馬遷을 말한다. 「자객열전」은 사마천이 지은 『사기』史記 열전列傳 중의 한 편이다.
8. **「위십일랑전」韋十一娘傳** 여성 협객 위십일랑의 일을 그려 놓은 전기소설傳奇小說. 그런데 이 작품은 당나라 때의 소설이 아니라 16세기 명나라 때의 문신이자 서화가인 호여가胡汝嘉가 창작한 소설이다.
9. **「홍선전」紅線傳** 당나라 원교袁郊가 창작한 전기소설로, 여성 협객 홍선紅線의 복수를 그린 작품.
10. **형가荊軻와 섭정聶政** 전국시대의 유명한 협객들. 두 인물 모두 사마천의 「자객열전」에 등장한다.

아서는 그 또한 도를 지닌 자일 것이다. 검협은 '재주는 하늘을 이길 수 없는 법이니, 반드시 하늘의 힘을 빌려야만 일을 이룰 수 있다'라고 말했거늘, 살인은 흉한 일이지만 반드시 하늘의 힘을 빌려야 할 수 있으며, 하늘을 모르는 자는 살인도 마음대로 할 수 없다. 그러나 세상에는 아무렇지도 않게 기꺼운 마음으로 살인을 저지르는 자가 있으니, 그런 자는 참으로 오대산의 검협 앞에 죄인이 아니겠는가? 아아, 개탄스럽다!"

허생전

박지원

허생은 묵적동[1]에 살았다. 남산 밑에 가면 우물가에 오래된 살구나무가 있고, 살구나무를 향해 사립문을 낸 작은 초가집이 하나 있는데, 비바람도 가리지 못할 지경이다. 그러나 허생은 글 읽기만 좋아하는지라, 아내가 남의 집 삯바느질을 해서 겨우 입에 풀칠을 했다.

　하루는 아내가 몹시 굶주리다 못해 울며 말했다.

　"당신은 평생 과거도 보러 가지 않으면서 대체 글은 왜 읽는 겁니까?"

　허생은 웃으며 말했다.

　"내가 아직 충분히 글을 읽지 못해서이구려."

　"수공업은 못해요?"

　"수공업은 배운 적이 없으니 어쩌겠소?"

"장사는요?"

"장사를 하려 해도 밑천이 없는데 어쩌겠소?"

아내는 성이 나서 꾸짖었다.

"밤낮 글을 읽으며 겨우 '어쩌겠소?' 소리만 배웠구려. 수공업도 못하고 장사도 못하면 도적질이라도 해야 되지 않겠소?"

허생은 읽던 책을 덮고 일어섰다.

"애석하구나! 내 본래 10년 글 읽을 기약을 해서 이제 7년인데."

허생은 문을 나섰다. 아는 사람이라곤 아무도 없었다. 곧장 운종가²로 가서 시장 사람에게 물었다.

"한양에서 제일 부자가 누구요?"

누군가 "변씨³입니다"라고 하기에 그 변씨 집을 찾아갔다. 허생은 정중히 읍揖을 하고 말했다.

"내 집이 가난해서 조금 시험해 보았으면 하는 일이 있소. 1만 냥⁴만 빌려 주시오."

변씨는 "좋습니다" 하더니 그 자리에서 1만 냥을 내주었다. 허생은 감사 인사도 하지 않고 떠났다.

---

2. 운종가 지금의 서울 종로 2가 일대. 당시 시전市廛(관아의 허가를 받은 상설 시장)이 있었다.
3. 변씨卞氏 조선 후기 역관譯官 출신의 갑부였던 변승업卞承業을 모델로 한 인물. 변승업의 조부 변계영卞繼永이나 부친 변응성卞應星이라는 설도 있다.
4. 1만 냥 은화 1만 냥은 오늘날로 따져 10억 원 이상에 해당하는 거금이다.

변씨의 자제와 손님들이 보기에 허생은 영락없는 거지였다. 허리에 찬 실띠는 술이 빠져 너덜너덜하고, 갖신은 굽이 자빠졌으며, 갓은 찌그러졌고, 도포는 때가 새카맸으며, 코에서는 맑은 콧물이 졸졸 흘렀다. 허생이 떠난 뒤에 모두들 깜짝 놀란 얼굴로 말했다.

"어르신이 아시는 손님입니까?"

"모르는 사람이야."

"하루아침에 평생 누군지도 모르던 사람에게 1만 냥을 함부로 던져 주면서 그 이름도 묻지 않으시다니, 대체 무슨 까닭입니까?"

"이건 너희들이 알 수 없는 일이야. 본래 남에게 뭔가를 구하는 사람은 필시 제가 품은 뜻을 과장해서 말하며 제 신용을 크게 내세우는 법이야. 하지만 얼굴엔 부끄럽고 비굴한 빛이 있고, 말은 중언부언하게 돼 있지. 그런데 저 손님은 비록 남루한 복장이지만 말이 간단하고 눈빛이 오만하며 얼굴에 부끄러운 빛이라곤 없었어. 그러니 외물外物에 의지하지 않고 스스로 만족하며 사는 사람일 게야. 저 사람이 시험해 보겠다는 일은 작은 일이 아닐 터요, 나 역시 손님에게 시험해 보고 싶은 게 있었어. 돈을 안 주면 그만이지, 이미 1만 냥을 주어 놓고 이름은 물어서 뭐해?"

허생은 1만 냥을 빌린 뒤 집으로 돌아가지 않았다. 그리고 이렇게 생각했다.

'안성은 경기도와 충청도가 만나는 곳이요, 삼남[5]으로 통하는 길목이렸다.'

마침내 안성으로 가서 머물며 대추, 밤, 감, 배, 금귤,[6] 석류, 귤, 유자 등을 2배 값으로 모조리 사들였다. 허생이 과일을 모두 매점買占하는 바람에 나라 전체에서 잔칫상과 제사상을 차릴 수 없게 되었다. 얼마 뒤 허생에게 2배 값을 받고 과일을 팔았던 상인들은 허생에게 10배 값을 주고 되사가야 했다. 허생은 한숨을 쉬며 말했다.

"1만 냥으로 나라 전체가 기우니 이 나라의 규모가 얼마나 작은지 알겠구나."

이번에는 칼, 호미, 베, 비단, 무명을 사 가지고 제주도로 들어가서 이를 팔아 말총을 몽땅 사들였다.

"몇 년 안에 나라 사람들이 머리에 망건을 못 쓰게 될 테지."

얼마 뒤 망건 값이 10배에 이르렀다.

허생은 늙은 뱃사공에게 물었다.

"해외에 사람이 살 만한 무인도가 있소?"

"있지요. 바람에 표류해서 사흘 밤을 곧장 서쪽으로 흘러가 어

---

5. **삼남**三南 충청도, 전라도, 경상도를 통틀어 일컫는 말.
6. **금귤** 귤의 일종으로, 크기가 탱자만 하다.
7. **사문**沙門 마카오Macao.
8. **장기**長崎 나가사키. 일본의 규슈九州 섬에 있는 도시 이름.

느 무인도에 정박한 적이 있습니다. 그 섬은 사문[7]과 장기[8] 사이에 있는 듯한데, 꽃나무가 절로 피고, 과일이며 열매가 절로 익었으며, 사슴이 떼 지어 다니고, 물고기가 유유히 노닐었습니다."

허생은 몹시 기뻤다.

"나를 그리로 데려다 준다면 부귀를 함께 누릴 수 있을 거요."

뱃사공은 허생의 말을 따랐다.

마침내 동풍을 타고 남쪽으로 그 섬에 들어갔다. 허생은 높은 곳에 올라 쭉 바라보더니 서글피 말했다.

"땅이 천 리가 채 못 되니 여기서 어찌 큰일을 할 수 있겠소? 땅은 기름지고 샘물은 맛이 다니 겨우 부잣집 노인 노릇은 하겠구려."

뱃사공은 말했다.

"아무도 살지 않는 무인도에서 누구와 함께 살려고 하십니까?"

"사람들은 덕德 있는 자에게 귀의하게 마련이오. 덕이 없을까 걱정이지 사람 없는 게 무슨 걱정이겠소?"

이때 변산[9]에 도적떼 수천 명이 들끓어 각 고을에서 군졸을 보내 잡으려 했지만 뜻을 이루지 못했다. 도적떼 역시 감히 밖에 나와 약탈할 수 없었기에 한창 굶주림에 시달리고 있었다. 허생은 도적 소굴로 들어가 그 두목에게 말했다.

9. 변산 전라북도 부안에 있는 산. 숲이 울창하여 예부터 군도群盜의 소굴이었다.

"1천 명이 1천 냥을 약탈해서 각각 나눠 가지면 얼마나 되겠나?"

"한 사람당 1냥이오."

"너희들은 아내가 있나?"

"없소."

"너희들은 논밭이 있나?"

두목이 웃으며 말했다.

"논밭이 있고 아내가 있으면 왜 고생스럽게 도적질을 하겠소?"

"그렇다면 왜 아내를 얻어 집을 짓고, 소를 사서 논밭을 갈지 않나? 그렇게 하면 도적이란 오명 없이 살며 부부의 즐거움을 누릴 것이요, 쫓기는 근심 없이 다니며 오래도록 풍족하게 먹고살 수 있을 텐데?"

두목이 말했다.

"우린들 왜 그걸 바라지 않겠소? 하지만 돈이 없다우."

허생은 웃으며 말했다.

"너희들이 도적인데 왜 돈 없는 걸 걱정하느냐? 내가 너희를 위해 돈을 마련해 주겠다. 내일 바다에 붉은 깃발을 단 배가 보일 텐데, 그건 모두 돈을 실은 배다. 너희들 마음대로 가져가거라."

허생이 약속하고 떠나자 도적들은 모두 허생을 미치광이라 여기며 비웃었다.

이튿날 도적떼가 바닷가에 갔다. 허생이 돈 30만 냥을 싣고 와 있었다. 도적들은 모두 깜짝 놀라더니 쭉 도열하여 절하고 말했다.

"오직 장군의 명령에 따르겠습니다."

허생은 말했다.

"힘껏 등에 지고 가라!"

이에 도적들이 앞다투어 돈을 등에 지는데, 한 사람이 감당할 수 있는 무게가 1백 냥을 넘지 못했다. 허생은 말했다.

"너희들이 1백 냥 들 힘도 없으면서 도적질을 어찌 잘할 수 있겠느냐? 이제 너희들은 평민이 되고 싶다 해도 이름이 도적 명부에 올라 있어 갈 곳이 없다. 내가 여기서 기다리고 있을 테니, 각자 1백 냥을 가지고 가서 한 사람당 신붓감 한 사람과 소 한 마리를 데려와라."

도적들은 일제히 "알겠습니다!" 대답하고는 모두 흩어져 떠났다. 허생은 그동안 2천 명이 1년 동안 먹을 식량을 마련하고 기다렸다.

도적들이 돌아오는데 뒤처져 오지 못한 사람이 하나도 없었다. 마침내 모두 배에 태우고 무인도로 들어갔다. 허생이 도적떼를 모조리 쓸어가고 나니 온 나라에 변고가 없었다.

무인도에서 나무를 베어 집을 짓고, 대나무를 엮어 울타리를 만들었다. 땅의 기운이 온전하여 온갖 작물이 잘 자랐다. 밭을 묵히지 않고 줄기마다 주렁주렁 이삭이 달렸다.

허생은 3년 먹을 식량만 남겨 두고 나머지 곡식을 모두 배에 실어 장기(나가사키)로 가져갔다. '장기'는 일본의 한 고을로 가구수가 총 31만이었는데, 바야흐로 대기근을 겪고 있는 중이었다. 허생은 이들에게 식량을 주어 구휼하고 은화 1백만 냥을 얻었다. 허생이 탄식하며 말했다.

"이제 내 작은 시험이 끝났구나!"

허생은 남녀 2천 명을 모두 불러 모아 놓고 분부를 내렸다.

"내가 처음 자네들과 이 섬에 들어왔을 때는 먼저 자네들의 살림을 넉넉하게 해 준 다음에 문자를 새로 만들고 의복 입는 제도도 새로 만들 생각이었다. 하지만 이곳은 땅이 작고 지덕地德이 부족하니 나는 이제 떠나야겠다. 아이가 태어나 숟가락을 잡으면 오른손을 쓰도록 가르치고, 음식은 하루라도 먼저 태어난 사람이 먼저 먹도록 양보하기 바란다."

허생은 자신이 타고 갈 배만 남겨 두고 나머지 배를 모두 불태우며 말했다.

"가는 자가 없으면 오는 자도 없을 테지."

그러고는 은화 50만 냥을 바다에 던졌다.

"바다가 마르면 얻는 자가 있겠지. 온 나라를 통틀어도 1백만 냥을 용납 못하는데, 이 작은 섬에서 이 돈을 어찌 쓰겠나?"

허생은 또 글을 아는 사람을 모두 배에 태워 데리고 나왔다. 그러고는 이렇게 말했다.

"이 섬에 재앙을 끊어 버리기 위해서다."

그 뒤로 나라 안을 두루 다니며 기댈 곳 없는 가난한 이들을 구휼했는데, 그러고도 은화 10만 냥이 남았다. 허생은 말했다.

"이 돈으로 변씨에게 빌린 돈을 갚으면 되겠군."

허생은 변씨를 찾아갔다.

"나를 기억하겠소?"

변씨가 놀란 얼굴로 말했다.

"그대 얼굴은 조금도 좋아지지 않았는데, 1만 냥을 다 잃은 거 아닙니까?"

허생은 웃으며 말했다.

"재물이 생겼다고 얼굴이 좋아지는 건 그대들 세계에서나 있는 일이오. 1만 냥으로 어찌 도_道를 살찌울 수 있겠소?"

그러더니 은화 10만 냥을 변씨에게 주며 말했다.

"내가 하루아침의 굶주림을 참지 못해 글 읽기를 마치지 못했으니 그대의 1만 냥 앞에 부끄럽구려."

변씨는 몹시 놀라서 일어나 절하며 감사를 표하더니 1할의 이자만 받겠다고 했다. 허생이 몹시 화를 내며 말했다.

"그대는 나를 장사치로 보는 게요?"

허생은 옷을 떨치며 나갔다.

변씨는 몰래 그 뒤를 밟았다. 남산 밑을 향해 가더니 작은 집으로 들어가는 것이 바라보였다. 우물가에서 빨래하고 있는 노파에게 물었다.

"저기 작은 집은 뉘 댁이오?"

"허 생원許生員 댁입지요. 가난하지만 글 읽기를 좋아하셨는데, 어느 날 아침 집을 나가서 돌아오지 않은 지가 벌써 5년입니다. 부인 혼자 계신데, 허 생원이 집 떠나신 날에 제사를 올린답니다."

변씨는 비로소 그의 성이 허씨라는 것을 알고는 탄식하며 돌아왔다.

이튿날 변씨는 허생이 준 은화를 모두 가지고 가서 허생에게 주었다. 허생은 사양하며 말했다.

"내가 부자가 되고 싶었다면 1백만 냥을 버리고 10만 냥을 가지겠소? 앞으로 난 그대의 도움을 얻어 살아가야겠소. 그대가 자주 내 형편을 살펴보고서 우리 식구 수를 헤아려 양식을 보내 주고 옷감을 보내 준다면 내 한평생은 이걸로 충분하오. 재물로 골치 썩이는 일을 내가 왜 하려 들겠소?"

변씨는 허생을 백방으로 설득해 보았지만 끝내 어쩔 도리가 없었다. 이때부터 변씨는 허생의 양식이 떨어질 때가 되었다 싶으면 그때마다 몸소 가서 양식을 대 주었고, 허생은 흔쾌히 이를 받았다. 혹 변씨가 필요 이상으로 더 주는 일이 있으면 허생은 불쾌해 하며 말했다.

"그대는 왜 나에게 재앙을 주려 하오?"

술을 가져가면 더욱 기뻐해서 마주 앉아 취하도록 술을 마셨다. 이렇게 몇 년을 지내노라니 깊은 정이 날로 돈독해졌다. 그러던 어느 날 변씨가 조용히 물었다.

"5년 동안 어떻게 1백만 냥을 모으셨습니까?"

"이건 알기 쉬운 일이오. 조선 배가 외국에 통하지 않고 수레가 조선 땅에 다니지 않는 까닭에 온갖 물건이 이 땅 안에서 생산되어 이 땅 안에서 사라진다오. 그런데 1천 냥은 작은 돈이어서 조선 땅의 어떤 한 가지 물건을 다 사들이기에는 부족하오. 하지만 그것을 열로 나누면 1백 냥이 열이니 열 가지 물건을 어느 정도 사들이기엔 충분하오. 물건 규모가 작으면 이리저리 운용하기가 쉬우니, 한 가지 물건에서 손해가 나더라도 다른 아홉 가지 물건에서 이익을 내면 되오. 이건 늘 일정한 이익이 나게 하는, 작은 장사치들의 장사하는 법이오.

반면에 1만 냥은 한 가지 물건을 모조리 사들이기에 충분한 돈이오. 그러므로 수레에 실렸든, 배에 실렸든, 어느 한 고을에 있든 간에, 마치 촘촘한 그물을 던져 고기를 깡그리 잡아 올리는 것처럼 한 가지 물건을 남김없이 사들일 수 있소. 뭍에서 나는 물건 만 가지 중에 한 가지를 잠시 세상에 돌지 못하게 하거나, 물에서 나는 물건 만 가지 중에 한 가지를 잠시 세상에 돌지 못하게 하거나, 약재 만 가지 중에 한 가지를 잠시 세상에 돌지 못하게 하는 거요. 한 가지 물건을 몰래 쟁여 두면 모든 상인들에게 그 물건이 동이 나고 말지요. 이건 백성을 해치는 방법이니, 후대에 만일 어떤 벼슬아치가 내 방법을 쓴다면 필시 그 나라를 병들게 할 거요."

"당초에 제가 1만 냥을 내줄 줄 어찌 알고 와서 돈을 요구하셨습니까?"

"꼭 그대가 주지 않더라도 1만 냥을 가진 자라면 누구든 내게 주지 않을 수 없다고 여겼소. 스스로 내 재주를 헤아려 보건대 1백만 냥까지는 족히 불릴 수 있을 것으로 생각했소. 그러나 운명은 하늘에 달린 것이니, 누가 돈을 내줄지 내가 어찌 알았겠소? 그러므로 나를 쓸 수 있는 자는 복이 있는 사람일 것이오. 부자를 더 큰 부자로 만드는 건 하늘이 명한 바이니, 그런 사람이라면 어찌 내게 주지 않을 수 있겠소? 1만 냥을 얻고서는 그 부자의 복에 의지해서 일을 해 나갔기에 하는 일마다 성공했소. 만일 내가 사사로이 나 자신만 믿었다면 성패는 알 수 없었을 거요."

"지금 사대부들은 남한산성의 치욕을 씻고자 하니,[10] 지금이야말로 뜻 있는 선비들이 팔을 걷고 나서서 지략을 발휘할 때입니다. 그대 같은 재주로 왜 괴로이 초야에 묻혀 지내며 이대로 생을 마치려 하시는 겁니까?"

"예부터 초야에 묻혀 지낸 사람이 어디 한둘이오? 조성기[11]는 적국에 사신으로 갈 만한 능력을 가졌으나 포의로 늙어 죽었고,

10. **지금 사대부들은~씻고자 하니** 효종孝宗 때 노론老論의 영수 송시열宋時烈을 중심으로 제기되던 북벌론北伐論을 가리킨다. '북벌론'은 병자호란의 치욕을 씻고 명나라의 원수를 갚는다는 명분 아래 청나라에 군사적 공격을 감행하자던 논의를 말한다.
11. **조성기趙聖期** 생몰년 1638~1689년. 17세기 후반의 가장 비판적이고 논쟁적인 지식인의 한 사람으로서, 여러 방면에 걸쳐 사회개혁 방안을 제시했다.

유형원[12]은 군량을 책임질 만한 재주를 가졌으나 바닷가 한 귀퉁이에서 생을 마쳤소. 그러니 지금 국정을 도모하는 자들이 어떤 자들인지 알 만하잖소. 나는 장사를 잘하는 자이니, 내가 벌어들인 돈으로 구왕[13]의 머리에 현상금을 붙여 그 머리를 족히 살 수도 있었을 게요. 하지만 그 돈을 바닷속에 다 던지고 온 건 모두 소용없는 일이기 때문이었소."

변씨는 길게 한숨을 쉬고 나갔다.

변씨는 본래 이완[14] 정승과 친한 사이였다. 이공李公은 당시에 어영대장[15]의 직책을 맡고 있었는데 어느 날 변씨에게 이런 말을 했다.

"일반 백성들이 사는 동네에도 기이한 재주를 가져서 큰일을 함께할 만한 사람이 있지 않을까?"

변씨가 허생 이야기를 해 주자 이공은 깜짝 놀랐다.

"참으로 기이하군! 정말 그런 일이 있었나? 그 사람의 이름은 뭔가?"

꽃꽃꽃

12. **유형원柳馨遠** 생몰년 1622~1673. 초기 실학자의 한 사람으로, 제도의 개혁을 강조하는 입장에서 많은 개혁안을 제시한 바 있다.
13. **구왕九王** 청나라 세조世祖의 숙부인 예친왕睿親王 도르곤多爾袞을 말한다. 병자호란 때 군사를 이끌고 조선에 온 적이 있고, 이후 어린 세조를 대신해 섭정하며 권력을 농단했다.
14. **이완李浣** 생몰년 1602~1674. 효종의 북벌계획에 따라 어영대장·훈련대장 등에 기용된 인물.
15. **어영대장御營大將** 어영청御營廳의 으뜸 벼슬로 종2품이다. '어영청'은 조선 후기 중앙에 둔 5군영軍營의 하나로서 본래는 수도 방위가 주 임무였는데, 효종은 이완을 어영대장으로 삼고 어영청을 확대하여 북벌의 핵심부대로 양성하려 했다.

"소인이 3년 동안 알고 지냈으나 끝내 그 이름을 모릅니다."

"그 사람은 이인異人이군. 함께 가 보세."

밤에 이공은 말 모는 종도 물리치고 변씨와 단둘이 걸어서 허생의 집으로 갔다. 변씨는 이공을 문밖에 서 있게 하고는 먼저 들어가 허생을 만났다. 변씨가 이공을 데려온 까닭을 자세히 말했지만, 허생은 못 들은 척하며 말했다.

"얼른 가져온 술병이나 푸시오."

두 사람은 즐겁게 술을 마셨다. 변씨는 이공이 문밖에 오래 서 있는 것이 걱정되어 몇 번이나 말을 꺼냈지만, 허생은 일절 대꾸하지 않았다.

밤이 깊자 허생은 말했다.

"손님을 불러 보시오."

이공이 들어오는데, 허생은 편안히 앉은 채 일어나지 않았다. 이공은 몸 둘 바를 몰라 하다가 국가에서 현명한 인재를 구하고 있다는 뜻을 길게 얘기했다. 그러자 허생은 손사래를 치며 말했다.

"밤은 짧은데 말은 길어서 듣기가 너무 지루하구나. 너는 지금 벼슬이 뭔가?"

"대장입니다."

"그러면 너는 나라에서 신임받는 신하로군. 내가 와룡선생[16] 같

16. **와룡선생** 제갈공명을 말한다.

은 분을 천거할 테니, 네가 조정에 요청해서 삼고초려하게 할 수 있겠나?"

이공은 고개를 숙이고 한참을 있더니 말했다.

"어렵겠습니다. 두 번째 방책을 알려 주시기 바랍니다."

"나는 '두 번째'라는 건 몰라."

이공이 거듭 간청해 묻자 허생은 말했다.

"명나라의 장병들은 임진왜란 때 자신들이 조선에 은혜를 끼쳤다고 여겨서, 그 자손들 중에 청나라를 빠져나와 우리나라로 넘어온 이들이 많지. 하지만 그들은 떠돌이 생활을 하며 의지할 데 없이 살고 있어. 네가 조정에 요청해서 종실[17]의 여성들을 두루 이들에게 시집보내고, 공신들과 권세가의 집을 빼앗아 거기에 살게 할 수 있겠나?"

이공은 고개를 숙이고 한참을 있더니 말했다.

"어렵겠습니다."

"이것도 어렵고 저것도 어렵다면 대체 할 수 있는 일이 뭔가? 정말 쉬운 일이 하나 있는데, 그건 할 수 있겠나?"

"말씀해 주십시오."

"무릇 천하에 대의를 소리 높여 외치고자 하면서 천하의 호걸들과 미리 교유를 맺지 않은 적은 자고로 없었어. 남의 나라를 정

꽃꽃꽃꽃

17. **종실宗室** 왕족을 말한다.

벌하려 하면서 첩자를 미리 보내지 않고 성공한 적도 없었지.

지금 만주[18]가 갑자기 천하의 주인 노릇을 하고 있지. 그들은 스스로 중국과는 친하지 않지만, 조선은 다른 나라에 앞서 자기들에게 복종해 온 나라라고 여겨 신뢰하고 있어. 만일 우리 쪽에서 젊은이들을 보내 당나라와 원나라 때처럼 저들의 학교에 입학시키고 저들의 벼슬을 하게 해 달라 하고, 상인들의 출입을 금하지 말아 달라고 청한다면, 저들은 분명 우리가 친하게 지내자는 걸 기뻐하며 허락할 거야.

그리되면 우리나라 젊은이들을 뽑아 변발을 시키고 오랑캐 옷을 입힌 뒤 그들 중 뛰어난 사람은 빈공과[19]를 보게 하고, 좀 못한 사람은 멀리 강남[20] 땅에서 장사를 시키는 거야. 그러면서 그 허실을 엿보고 호걸과 사귀게 한다면 천하를 도모할 수 있고 나라의 치욕도 씻을 수 있을 게야. 만약 주씨[21]를 구하다가 얻지 못하면 천하의 제후를 거느려 새로 황제가 될 사람을 하늘에 천거할 수 있을 테니, 잘되면 중국의 스승이 될 것이요, 못돼도 제후국 중의 으뜸은 되지 않겠나."

이공이 놀란 표정으로 말했다.

"사대부라면 누구나 삼가 예법을 지키는데, 누가 변발을 하고 오랑캐 옷을 입으려 들겠습니까?"

허생은 큰소리로 꾸짖었다.

"이른바 '사대부'라는 게 대체 무엇이냐? 오랑캐 땅에서 태어났으면서 제 입으로 '사대부'라고 칭하니 참으로 어리석지 않으냐? 위아래로 입은 흰 옷은 상복이요, 머리를 송곳처럼 틀어 묶은 건 남만족[22]의 상투이거늘, 무슨 예법을 말하고 있느냐?

번오기[23]는 사사로운 원한을 갚기 위해 제 목을 베는 것을 아까워하지 않았고, 무령왕[24]은 나라를 강하게 하기 위해 오랑캐 옷입는 걸 부끄러워하지 않았다. 그렇거늘 너희는 지금 명나라를 위해 복수하고 싶다면서 여전히 머리털 하나를 아까워하느냐? 너희가 장차 말을 달리고 검을 휘두르고 창을 찌르고 활을 쏘고돌을 던져야 하는데도 넓은 소매를 고치지 못하겠단 거냐? 너희는 그런 게 예법이라 여기느냐?

내가 세 가지 방책을 말했지만 너는 한 가지도 할 수 있는 게 없다고 했다. 그러면서 스스로 신임받는 신하라 여기고 있으니, 신

---

22. **남만족南蠻族** 남쪽 오랑캐.
23. **번오기樊於期** 전국시대 말기 진秦나라의 장군으로 연燕나라로 망명했는데, 진나라는 이에 대한 보복으로 그의 구족九族을 멸하고 그 목에 현상금을 걸었다. 나중에 자객 형가荊軻가 진시황을 암살하고자 할 때 번오기는 자기 목을 스스로 베어 형가로 하여금 진시황에게 접근할 수 있는 길을 열어 주었다.
24. **무령왕武靈王** 전국시대 조趙나라의 왕. 북방의 호족胡族에 대항하기 위하여 전쟁에 편리한 호복胡服(민첩하게 움직일 수 있도록 소매와 바지 품을 좁게 만든, 북방 기마민족의 옷)을 입었다.

임받는 신하라는 게 본래 이런 거냐? 네 목을 베어 버려야겠다!"

허생은 좌우를 둘러보며 검을 찾아 이공을 찌를 태세였다. 이공은 깜짝 놀라 일어나 등 뒤에 있는 창을 펄쩍 뛰어넘더니 재빨리 달아났다.

이튿날 이공이 다시 허생의 집에 가 보니 허생은 이미 집을 비우고 떠난 뒤였다.

장생전

김려

장생蔣生이란 사람의 아버지는 밀양부[1]의 아전이었다. 장생은 태어난 지 3년 만에 어머니를 여의었다. 아버지는 첩에게 빠져 말채찍으로 장생을 매질했다. 장생은 숨이 끊겨 길에 버려졌다가 이웃 사람의 구원을 받아 살아났다.

그 뒤로 장생은 그 이웃 사람의 집에 붙어살았다. 이웃 사람은 장생이 곱상하게 생긴 것을 사랑하여 사위로 삼았다. 그러나 몇 년 뒤 아내가 죽자 장생은 갈수록 곤궁해져서 호남과 호서 지방으로 떠돌아다니게 되었다. 선조宣祖 기축년(1589) 무렵, 장생은 서울을 왕래하며 청파[2]의 약방에 거주했는데, 약주릅과 친하게 지냈다.

장생은 피부가 눈처럼 하얬고, 눈동자는 칠흑처럼 까맸으며,

1. **밀양부密陽府** 밀양도호부密陽都護府. '도호부'는 조선 시대 1천 호戶 이상 되는 지역의 군郡을 승격시킨 지방행정구역.
2. **청파靑坡** 지금의 용산구 청파동.

이야기를 재미나게 잘했다. 항상 자주색 비단 겹옷[3]을 입고 다녔는데, 날이 춥든 덥든 갈아입는 법이 없었다. 장생은 또 노래를 대단히 잘해서 한번 노래를 시작하면 청아하고도 슬픈 소리가 끊어지지 않았다. 그래서 기방妓房에 두루 다니며 기녀들과 매우 친하게 지낼 수 있었다. 술이 눈앞에 있으면 그때마다 가득 따라 혼자 마셨고, 술이 얼근히 취하면 그때마다 목을 길게 빼고 느릿느릿 노래를 불렀으며, 노랫소리가 하늘 끝까지 울려 퍼지고 나면 그때마다 문득 난간에 기대어 슬피 울다가 정신을 잃고 쓰러졌다. 그러면 곁에 있던 사람들도 모두 슬퍼져 비 오듯 눈물을 흘렸다. 장생은 때때로 눈먼 점쟁이, 술 취한 무당, 게으른 선비, 버림받은 여인, 거지, 할미의 흉내를 냈고, 얼굴을 쭈그러뜨려 십팔나한[4]의 얼굴을 지어 보이기도 했으며, 입을 오므려 생황 소리, 퉁소 소리, 비파 소리, 베틀의 북 소리, 누에고치를 뽑는 물레 소리, 온갖 짐승의 소리를 냈는데, 흉내 내는 것마다 절묘한 경지에 들어 기녀들을 크게 웃겼다.

장생은 아침이면 거리에서 구걸하여 날마다 쌀 서 말을 얻었다. 그러나 자신이 밥을 지어 먹을 쌀 몇 되를 뺀 나머지는 모두 다른 거지들에게 주어 버렸다. 이 때문에 장생이 밖에 나오면 뭇

꽃꽃꽃꽃
3. **겹옷** 솜을 두지 않고 거죽과 안을 맞붙여 지은 옷.
4. **십팔나한**十八羅漢 부처의 열여덟 제자.

거지들이 항상 장생의 뒤를 졸졸 따라다녔는데, 사람들은 그 이유를 알지 못했다.

장생은 늘 악공樂工 이교년李喬年의 집에서 놀았다. 이교년의 집에는 몹시 영리한 여종 하나가 있었다. 여종은 장생에게 비파를 배우느라 아침저녁으로 함께 지내며 친하게 지냈다. 하루는 여종이 술을 사러 나갔는데, 어떤 청년이 곁에서 웃고 달라붙으며 치근거리는 것이었다. 여종은 부끄러워 달아났다. 그런데 집에 돌아와 보니 머리에 꽂았던, 옥을 박아 넣은 봉황 모양의 비녀가 없어진 것이었다. 저녁에 장생이 밖에서 들어오자 여종은 울며 낮에 있었던 일을 말했다. 장생은 성난 목소리로 말했다.

"허어! 쥐새끼 같은 놈들이 감히 이런 짓을 하다니."

장생은 훌쩍 어디론가 떠나더니 잠시 후 돌아왔다.

"누이야, 찾았다. 나를 따라와 보렴."

구불구불 서쪽 거리로 가서 신호문[5] 동쪽에 있는 빈 집에 이르렀다. 그 집은 대단히 크고 화려했으며, 겹겹의 문이 굳게 잠겨 있었다. 장생은 왼쪽 겨드랑이 밑에 여종을 끼더니 오른손으로 문을 열고 순식간에 안으로 들어갔다. 안에는 화려하게 채색된, 널찍한 누각이 있었고, 붉은 등불이 휘황하게 비치고 있었다. 장생은 여종의 손을 잡고 마루에 올랐다. 무척 준수하게 생긴 두 젊

5. 신호문神虎門 신무문神武門. 경복궁의 북문北門.

은이가 읍하며 맞이했다.

"장형蔣兄 오셨습니까."

"물건은 찾았나?"

"찾아 놓았습니다."

"소매치기한 놈은 어디 있나?"

"벌써 죽였습니다."

장생은 언성을 높여 말했다.

"그래서는 안 되지. 그런 일에 우리 칼을 더럽혀서야 되겠나! 허나 이미 죽였으니 어쩔 수 없군."

장생은 여종의 손을 잡고 나가며 말했다.

"두 아우는 행동을 삼가 앞으로는 경솔히 칼을 쓰지 말게."

마침내 홀쩍 떠나더니 다시는 이교년의 집에 오지 않았다. 그 뒤로 장생은 차츰 자취를 감춰 혹은 산사山寺에 머물기도 하고 혹은 객점에서 묵기도 했다.

한 달쯤 뒤에 장생은 홀연 술 몇 말을 사다가 통음하고는 길을 막고 서서 춤추며 노래하기를 그치지 않았다. 어두워지자 장생은 수표교[6] 아래에 드러누워 드르렁드르렁 코를 골며 잤다.

날이 샐 무렵 사람들이 가서 보니 장생은 이미 죽어 있었다. 시체는 썩어 문드러져 벌레로 바뀌더니 날개가 돋쳐 날아갔다. 그리하여 저물녘이 되어서는 아무런 흔적도 없이 오직 자주색 비단 겹옷만이 남아 있을 뿐이었다. 뭇 기녀들이 돈을 추렴하여 장생을 장사 지내 주었으니, 때는 임진년(1592) 4월 1일이었다.

당초에 무인武人 홍세희[7]가 연화방[8]에 살며 장생과 가장 친하게 지냈었다. 장생이 죽은 4월에 홍세희는 이일[9]의 휘하에 들어가 왜적을 막기 위해 병사를 거느리고 영남으로 가다가, 짚신을 신고 지팡이를 끌며 오는 장생을 만났다. 홍세희가 급히 말에서 내려 읍하자 장생은 앞으로 다가와 손을 잡고 몹시 반가워하며 말했다.

"자네는 정말 내가 죽었다고 생각하나? 나는 지금 동해의 봉래산[10]으로 가는 중일세."

장생은 또 이렇게 말했다.

"자네는 올해 죽지 않겠군. 전투가 벌어지면 반드시 산 위로 올라가게. 물가로 내려가서는 절대로 안 되네. '유酉' 자가 들어가는 해에는 절대 남쪽으로 가지 말고 나랏일이 있다 하더라도 성 안으로 들어가지 말게."

장생이 말을 마치고 떠나는데, 눈 깜짝할 사이에 보이지 않았

7. 홍세희洪世熹 무관武官으로 임진왜란에 참전했으며, 정유재란 때 전사했다.
8. 연화방連花坊 조선 시대 서울의 동부東部 7방坊 중 하나. 지금의 종로 5가 일대.
9. 이일李鎰 선조宣祖 때의 무신으로, 임진왜란 때 평양 수복에 공을 세웠고 병마절도사 등의 벼슬을 지냈다. 임진년 4월 당시 순변사巡邊使로 경북 상주尙州에서 왜적과 전투를 벌였으나 패하여 종사관從事官을 모두 잃고 홀로 탈출한 바 있다.
10. 봉래산蓬萊山 신선이 산다는 바닷속 산.

다. 홍세희는 이상한 일이라 여겼다.

달천 싸움[11]에서 홍세희는 과연 산 위로 올라가서 죽음을 면할 수 있었다.

정유년丁酉年(1597)에 홍세희는 영의정 이원익[12]에게 임금의 명을 전하고 돌아오다가 성주[13]에 이르러 왜적에게 쫓기는 신세가 되었다. 황석산성[14]의 수비가 견고하다는 말을 듣고 급히 말을 달려 성 안으로 들어갔으나 성이 함락되면서 홍세희도 죽고 말았다.

기이하다! 내가 예전에 패사[15]를 읽은 적이 있는데, 장생에 관한 일이 매우 상세하게 적혀 있었지만 의심스러운 점이 많았다. 그러다가 홍만종[16]이 지은 『해동이적』[17]을 읽고는 이 책에서 '장도령'蔣都令이라고 했던 이가 바로 장생임을 알게 되었다. 당시 서울에서는 모두들 장생을 '장도령'이라 불렀다고 한다.

────

11. **달천 싸움** '달천'達川은 충주에 있는 강. 1592년 4월 삼도순변사三道巡邊使 신립申砬의 지휘 아래 조선 군대는 달천 부근에 진을 치고 문경새재를 넘어오는 왜군을 기다렸으나, 전술적 판단착오로 대패했다.
12. **이원익李元翼** 선조 때 영의정을 지낸 인물.
13. **성주星州** 경북 성주군.
14. **황석산성黃石山城** 경남 함양군 서하면의 황석산 중턱에 있는 성. 1597년 8월 왜적에게 함락되었다.
15. **패사稗史** 패관소설을 말한다. 여기서는 허균許筠의 「장생전」蔣生傳을 가리킨다.
16. **홍만종洪萬宗** 현종·숙종 때의 학자로, 도가사상에 심취하였다. 『시화총림』詩話叢林, 『소화시평』小華詩評, 『해동이적』 등의 저술을 남겼다.
17. **『해동이적』海東異蹟** 홍만종이 1666년(현종 7)에 우리나라 역대 선가仙家 인물들의 기이한 사적을 모아 엮은 책.

142

아아! 장생은 옛날의 검선劍仙과 같은 부류가 아닐까? 처음에는 입으로 재주를 부리며 기녀들 사이에서 동정을 구걸했으니, 어쩌면 이리도 비루한가! 그 뒤로 여종을 겨드랑이에 끼고 검객들과 결탁하여 자루 속에서 구슬을 찾아내듯 소매치기를 잡아 죽였으니, 어쩌면 이리도 씩씩한가! 마지막에는 몸을 감추고 다른 모습으로 변신하여 세상 밖을 떠돌아다녔으니, 어쩌면 이리도 신령스럽고 기이한가!

아마도 장생은 기이한 재주를 지녔지만 인륜에 어긋나는 일[18]을 당하고 난 뒤 일부러 자신을 괴롭히고 멋대로 살며 슬픔과 한을 풀고자 했던 모양이다. 그러나 정성스러운 마음이 아버지에게 통하지 못했고, 가정을 이루지 못한 채 그저 짐승과 한 무리가 되고 말았으니 칭찬하기에는 부족하다. 그러나 어떤 일을 전해 듣는 것은 그 사람을 직접 만나는 것만 못한 법이니, 나는 서원[19]이 지은 「평량자전」[20]을 읽고 나서 더욱 두려운 마음을 갖게 되었다. 세상에는 정말 장생과 같은 사람이 있었을 것이다.

18. **인륜에 어긋나는 일** 처음 장생이 부친에게 매질을 당해 숨이 끊겼던 일을 말한다.
19. **서원犀園** 김려金鑢의 동생인 김선金鍌(1772~1833)의 호.
20. **「평량자전」平涼子傳** 김선이 지은 전傳. 신선을 주인공으로 한 작품으로 생각되나 현재 전하지 않는다. '평량자'란 패랭이를 뜻하는 말이다.

유우춘전

유득공

서기공[1]은 음악에 조예가 깊고 손님을 좋아해서 손님이 오면 술을 내오고 거문고와 피리를 연주하게 해서 흥을 돋우었다.

나는 기공을 따라 놀며 즐기다가 한번은 해금을 하나 얻어 가지고 가서 손을 놀려 벌레 소리와 새 소리를 내 보았다. 기공이 그 소리를 듣고 깜짝 놀라며 말했다.

"쌀이나 한 움큼 퍼 주어야겠군. 이건 거지 깡깡이 소리지 뭐야."

"무슨 말씀이신지요?"

"심하기도 하지, 자네가 이리도 음악을 모르다니!

우리나라 음악에는 '아악'雅樂과 '속악'俗樂의 두 가지가 있네. 아악이라는 건 옛날의 음악이요, 속악이라는 건 후대의 음악일세.

꽃꽃꽃

1. 서기공徐旂公 서상수徐常修(1735~1793)를 말한다. '기공'旂公은 그의 호이다. 서얼 출신으로, 시詩·서書·화畵에 모두 조예가 있었으며, 특히 음률에 밝아 그의 통소 연주는 국수國手의 수준이었다고 전한다. 서화·골동에 대한 감식안이 높아 당대에 그 방면의 제1인자로 꼽혔다.

사직²과 문묘³에서는 아악을 쓰네. 종묘⁴에는 속악을 섞어 쓰는데, 이게 바로 장악원⁵의 속악이지. 군대에서 쓰는 속악은 '세악'⁶이라고 하네. 사기를 고취하기도 하고 개선가로 연주되기도 하는데, 화평하거나 미묘한 소리까지 모두 갖추었기에 놀며 잔치에서도 이 음악을 쓰지.⁷ 그리하여 철⁸의 거문고며 안⁹의 젓대며 동의 장구며 복의 피리¹⁰를 일컫게 되었고, 유우춘柳遇春과 호궁기扈宮其는 모두 해금으로 유명하네.

자네가 해금을 좋아한다면 저 사람들에게 가서 배울 일이지, 어쩌자고 이런 비렁뱅이 깡깡이 소리를 배웠는가? 지금 저 비렁뱅이들은 남의 집 문에 기대어 해금을 켜서 할아비며 할미며 갓난아기며 가축이며 닭이나 오리며 온갖 벌레 소리를 내고 있다가 그 집에서 쌀을 준 뒤에야 떠나지. 자네의 해금 소리가 바로 그렇군."

나는 기공의 말을 듣고 몹시 부끄러워서 해금을 자루에 넣고는

---

2. **사직社稷** 토지신과 곡식의 신에게 제사를 올리는 곳.
3. **문묘文廟** 성균관에 있는, 공자孔子를 받드는 사당.
4. **종묘宗廟** 역대 임금과 왕비의 위패를 모신 사당.
5. **장악원掌樂園** 조선 시대에, 음악에 관한 일을 맡아보던 관아.
6. **세악細樂** 장구·북·피리·젓대·해금으로 연주하는 군악.
7. **놀이며 잔치에서도 이 음악을 쓰지** 조선 후기에 세악은 각종 연회에서 연주되었는데, 특히 서울의 중인中人 부호들은 세악을 '3현'絃이라 부르면서 유흥 음악으로 애호했다.
8. **철鐵** 당시 거문고의 명수인 김철석을 가리키는 것으로 추정된다.
9. **안安** 당시 젓대의 명수인 박보안을 가리키는 것으로 추정된다.
10. **동東의 장구며 복卜의 피리** '동'은 장구의 명인이고, '복'은 피리의 명인일 텐데 누군지는 미상.

몇 달 동안이나 그대로 내팽개쳐 두고 꺼내 보지 않았다.

어느 날 일가 사람인 금대거사[11]가 찾아왔다. 거사는 작고한 현감縣監 유운경[12]의 아들이다. 유운경은 젊어서 협객 기질이 있었고 말타기와 활쏘기를 좋아했으며, 영조 무신년(1728)에 충청도에서 일어난 반란[13]을 토벌해 큰 공을 세웠다. 유운경은 이장군李將軍 댁 여종을 좋아하여 아들 둘을 낳았다. 나는 그 일을 떠올리고 조용히 거사에게 물었다.

"두 아우는 지금 모두 어디 있습니까?"

"어허! 모두 여기 있지. 내 친구 중에 변방 고을 수령이 된 자가 있거든. 내가 발을 싸매고 2천 리 길을 걸어서 그 친구에게 돈 5백 냥을 얻어 왔지. 그 돈을 가지고 이장군 댁에 가서 두 아우의 몸값을 치르고 데려왔어. 지금 큰 아우는 남대문 밖에서 망건을 팔고 있지. 작은 아우는 용호영[14]에 소속되어 있는데 해금을 잘 켜서 요사이 '유우춘의 해금'이라고들 하는 유우춘이 바로 그일세."

나는 비로소 기공의 말을 기억해 내며 깜짝 놀랐다. 이름난 가

<hr>

꾳꾳꾳꾳

11. **금대거사琴臺居士** 유필柳珌(1720~1782)의 호로 추정된다.
12. **유운경柳雲卿** 유시상柳蓍相(1681~1742)을 말한다. '운경'은 그 자字. 무과에 급제하여 산음현감을 지냈다.
13. **충청도에서 일어난 반란** '이인좌李麟佐의 난'을 말한다. 1728년(영조 4) 소론과 남인의 일부 세력이 영조와 노론을 제거하고 소현세자의 증손인 밀풍군密豊君을 왕으로 추대하려 했던 사건이다. 남인 계열의 이인좌를 대원수로 한 반란군은 청주성을 함락시키며 세력을 넓혀 북상했으나 안성에서 관군에게 패하면서 진압당하고 말았다.
14. **용호영龍虎營** 조선 시대에 숙직하며 대궐을 호위하고 임금을 경호하는 일을 맡아보던 군영軍營.

문의 후예로서 군대의 병졸 노릇이나 하고 있다는 게 우선 서글펐지만, 한 가지 재주로 이름이 나서 생계를 꾸려 가고 있다는 게 반갑기도 했다.

마침내 나는 거사를 따라 십자교[15] 서쪽에 있는 유우춘의 집을 방문했다. 퍽 깨끗한 초가집이었는데, 우춘의 모친이 홀로 있었다. 모친은 눈물을 흘리며 옛일을 이야기하더니, 여종을 불러서 우춘을 찾아 손님이 오셨다는 말을 전하라고 했다.

얼마 뒤 우춘이 왔다. 이야기를 나눠 보니 순박하고 근실한 무인이었다.

그 후 어느 달 밝은 밤에 내가 등불 앞에 앉아 책을 읽고 있는데, 검은 쾌자[16]를 입은 사람 넷이 헛기침을 하며 들어왔다. 그중 하나는 바로 우춘이었다. 큰 술병 하나, 돼지 어깻죽지 한 짝, 침시[17] 오륙십 개가 들어 있는 남색 자루 하나를 세 사람이 나누어 갖고 있었다. 우춘이 소매를 걷어붙이고 껄껄 웃으며 말했다.

"오늘밤 서생을 한번 깜짝 놀라게 해 보렵니다."

우춘은 한 사람을 시켜 무릎 꿇고 술을 따르게 하더니 취기가 돌자 다른 사람들을 돌아보며 말했다.

꽃꽃꽃꽃

15. **십자교十字橋** 광화문 동쪽에 있던 다리.
16. **쾌자** 군복의 한 가지. 등솔을 길게 째고 소매 없이 만든 옷. 요즘 돌날에 아기에게 입히는 옷이 이와 유사한 모양이다.
17. **침시** 우린감. 소금물에 담가서 떫은맛을 없앤 감.

"잘들 해 보자!"

세 사람은 품속에서 각각 젓대 하나, 해금 하나, 피리 하나를 꺼내 합주를 시작했다. 한 곡을 마치자 우춘은 해금을 연주하던 이에게 다가가 해금을 빼앗으며 말했다.

"'유우춘의 해금'을 안 들어 봐서야 되겠나?"

손 가는 대로 천천히 해금을 켜는데, 그 처연하고 비분강개한 느낌은 이루 형언할 수 없을 정도였다. 이윽고 우춘은 해금을 내팽개치고 껄껄 웃더니 떠났다.

금대거사가 집으로 돌아가기 위해 우춘의 집에서 짐을 꾸리고 있을 때였다. 우춘은 술상을 봐 놓고 나를 초대했다. 우춘의 집에 가니 자리에는 커다란 구리 동이가 놓여 있었다. 이게 뭐냐고 묻자 우춘은 말했다.

"취하면 여기에 토하라구요."

술을 따르는데 술잔이 사발이었다. 다른 방에서 소의 염통을 구워 왔는데, 술이 한 순배 돌자 염통을 나누어서 올리는 게 아니라 쟁반 하나에 담아 젓가락 한 짝을 놓고 여종으로 하여금 무릎 꿇고 바치게 하는 것이었다. 그 법식이 사대부들이 모여서 술 마실 때와 달랐다. 이때 나는 자루에 넣어 가지고 갔던 해금을 보여 주며 말했다.

"이 해금은 어떤가? 전에 나는 자네가 연주하는 해금에 뜻을 두어 벌레 소리며 새 소리를 내 보려 한 적이 있었지. 그랬더니 남이 듣고는 거지 깡깡이 소리라고 해 몹시 창피했었네. 어떻게 하면 거지 깡깡이 소리가 아니게 할 수 있나?"

우춘은 손뼉을 치며 껄껄 웃더니 말했다.

"물정 모르는 말씀이로군요! 모기가 앵앵거리는 소리며 파리가 잉잉거리는 소리며 온갖 기술자들이 뚝딱거리는 소리며 선비가 개골개골 글 읽는 소리며 천하의 이 모든 소리는 먹을 것을 구하는 데 그 목적이 있습니다. 그러니 저의 해금과 거지의 해금 사이에 무슨 차이가 있겠습니까? 또 제가 해금을 배운 건 노모가 계시기 때문이니, 재주가 묘하지 않다면 무슨 수로 노모를 모실 수 있겠습니까? 그렇긴 하지만 저의 해금 재주는 거지의 해금 연주가 묘하지 않은 듯하면서도 묘한 것에 미치지 못합니다.

우선 제 해금과 비렁뱅이의 해금은 그 재료로 보자면 똑같습니다. 해금은 활대에 말총을 매고 말총에 송진을 발라 꺼끌꺼끌하게 합니다. 현악기도 아니요 관악기도 아니며,[18] 손으로 타는 현악기 소리인 듯도 하고, 입으로 부는 관악기 소리인 듯도 하지요.

저는 해금을 배우기 시작한 지 3년 만에 재주를 이루었는데, 그러는 동안 다섯 손가락에 모두 굳은살이 박였습니다. 그런데 기예는 더욱 높아졌으나 살림이 나아지지 않았으니, 사람들이 갈수

18. **현악기도 아니요 관악기도 아니며** 해금은 현을 켜서 소리를 낸다는 점에서 보면 현악기에 속하지만, 복판腹板이라고 하는 울림통을 울려 대나무 관을 통해 소리를 낸다는 점에서 보면 관악기에 속한다. 국악 관현악 편성에서 해금은 관악기에 속한다.

록 내 음악을 이해하지 못하게 됐기 때문입니다.

그런데 저 거지는 못 쓰는 해금 하나를 주워다가 몇 달을 다루고 나면 그 소리를 듣는 사람들이 우르르 모여듭니다. 연주를 마치고 돌아가면 그 뒤를 따라다니는 자가 수십 명은 되지요. 거지는 그렇게 해서 하루에 쌀 한 말은 얻고 벙어리[19]에 돈까지 거둬 갑니다. 그 이유는 다름이 아니라 그 음악을 이해하는 자가 많기 때문입니다.

지금 '유우춘의 해금'이라 하면 온 나라 사람들이 모두 압니다. 그러나 그 이름을 듣고 알 뿐이지 그 해금 소리를 듣고 이해하는 자야 몇 사람이나 되겠습니까?

종실이나 대신들이 밤에 악공樂工을 부르면 악공들은 저마다 자기 악기를 들고 종종걸음으로 마루에 오릅니다. 불빛이 휘황한 가운데 시종侍從은 이리 말하지요.

'잘하면 상이 있을 것이다.'

그러면 악공들은 몸을 굽히며 말합니다.

'예이.'

이에 현악기가 관악기에 애써 맞추려 하지 않고, 관악기가 현악기에 애써 맞추려 하지 않아도, 소리의 장단과 빠르기가 은은하게 하나로 어우러지지요. 나직히 읊조리는 소리나 음식을 씹는

19. 벙어리 푼돈을 모으는 질그릇.

소리가 문밖에 들리지 않아 흘낏 곁눈질해 보면 듣던 이는 망연히 책상에 기대 졸고 있습니다. 그리고 잠시 후 기지개를 펴며 말하지요.

'그만해라!'

악공들은 '예이' 하고 내려옵니다. 돌아와 생각해 보면 내가 연주하고 내가 듣다 온 것일 뿐입니다.

귀한 집 자제며 풍류 있는 유명한 선비 들이 맑은 이야기를 나누는 고상한 모임에도 해금을 안고 가 자리한 적이 있습니다. 어떤 이는 글을 평론하고 어떤 이는 과거에 급제한 인물들을 비교합니다. 술에 흐드러지게 취하고 등불이 다 타들어갈 무렵 뜻은 높으나 글이 잘 지어지지 않아 괴로운 모습을 하다가 붓을 날려 종이에다 글을 써댑니다. 그러다 누군가가 문득 저를 돌아보며 말합니다.

'너는 네가 가진 해금의 시초를 아느냐?'

그러면 저는 엎드려 대답합니다.

'모르옵니다.'

'옛날에 혜강[20]이 만들었느니라.'

그러면 또 엎드려 대답하지요.

---

20. **혜강**嵇康 중국 남북조시대 동진東晉의 시인. 죽림칠현竹林七賢의 한 사람. 송대宋代에는 해금을 혜강이 만든 것이라 여겨 '혜금'嵇琴이라 부르기도 했다.

'예이, 알겠습니다.'

그러면 또 누군가가 웃으며 말합니다.

'해奚 부족의 금琴[21]이란 뜻이지, 혜강의 「혜」稀가 아니야.'

그리하여 좌중의 사람들이 분분히 다투지만, 그게 내 해금과 무슨 상관이겠습니까?

봄바람이 호탕하게 불어 복사꽃과 버들이 한창 좋을 때 환관이며 궁궐의 시종별감[22]이나 오입쟁이 한량들이 무계[23] 냇가로 가 노니는데, 기녀며 의녀[24]들이 트레머리에다 장의長衣를 걸치고서는 등에 붉은 모직을 얹은 나귀를 타고 끊임없이 이릅니다. 놀이를 하고 가곡을 부르는가 하면 재담꾼이 섞여 앉아 우스갯소리를 하기도 합니다. 처음에는 「요취곡」[25]을 연주하다가 가락을 바꾸어 「영산회상」[26]을 연주합니다. 그러고는 손을 빠르게 놀려 새로운 곡조를 연주하는데, 그 소리는 맺혔다가 다시 풀어지고, 막혔다가 다시 열리는 듯하지요. 그러면 봉두난발을 한 채 찌그러진

21. **해奚 부족의 금琴** '해'는 부족 이름으로, 당대唐代에 열하熱河 땅에 살던 동호족東胡族을 말한다. 해 부족의 악기였던 해금이 당나라에 전해졌다고 한다.

22. **시종별감侍從別監** 궁궐에서 임금을 호위하는 일을 맡은 사람. 그 옷이 화려했으며, 난봉꾼이 많았다.

23. **무계武溪** 서울 종로구 부암동 자하문 서쪽의 계곡. 수석水石이 수려하고 경치가 좋았다.

24. **의녀醫女** 조선 시대에 간단한 의술을 익혀 내의원과 혜민서에서 심부름하던 여성 의원醫員. 차츰 기녀와 같이 취급되어 '의기'醫妓라고도 불렸다.

25. **「요취곡」鐃吹曲** 군악의 일종. 징을 치며 노래한다.

26. **「영산회상」靈山會上** 석가여래가 설법하던 영산회靈山會에서 부처와 보살의 자비와 성덕을 찬양한 가사에 곡을 얹어 부른 악곡. 불교음악으로 출발했으나 민간에 전해지면서 다양하게 변주되어 기악곡으로 발전했다.

갓에 해진 옷을 걸친 무리들이 머리를 까딱거리고 눈을 깜빡거리다가 부채로 땅을 치면서 말합니다.

'좋구나, 좋아!'

곡조가 호탕하고 신명 나기 때문이지만, 사실 이 음악이 하잘것없다는 걸 저들은 알 도리가 없지요.

우리 무리 중에 궁기[27]라는 이가 있습니다. 한가로운 날 만나서 두 사람이 각자 자루에서 해금을 꺼내 켭니다. 눈길은 푸른 하늘에 던져두고 마음은 손가락 끝에 두어, 연주에 한 치의 실수라도 있으면 껄껄 웃으며 돈 한 푼을 상대방에게 줍니다. 하지만 우리 두 사람이 돈을 주는 일은 그리 많지 않았습니다. 그래서 저는 생각했지요.

'내 해금을 이해하는 사람은 궁기뿐이야.'

그러나 궁기가 제 해금을 이해하는 건 제 자신이 제 해금을 이해하는 것만큼 정밀하진 않습니다.

지금 그대는 공을 이루기 쉽고 남들이 알아주는 일을 버리고, 공을 이루기 어렵고 남들이 알아주지 않는 일을 배우려 하니, 어리석은 일이 아니겠습니까?"

우춘은 모친이 세상을 뜬 뒤로 자기 일을 버렸고, 그 뒤로는 나를 찾아오지도 않았다. 우춘은 아마 효자로서 악공의 무리 중에

27. **궁기** 유우춘과 명성을 나란히 하던 해금의 명인 호궁기扈宮其를 말한다.

숨어 지내던 사람일 것이다. 우춘이 말한 '기예가 높아질수록 사
람들은 이해하지 못한다'라는 말이 어찌 해금에만 해당되는 말이
겠는가.

김하서전

하서河西[1] 김金 선생이 젊은 시절 전라도에서 서울로 올라오던 도중의 일이다. 때는 6월이었다. 산 아래에 이르자 여자 하나가 가마를 타고 뒤에서 급히 오다가 하서를 스쳐 지나갔다. 그때 갑자기 회오리바람이 불더니 여자가 쓰고 있던 너울이 훌떡 날아갔다. 여자는 급히 좇아가 너울을 잡으려 했지만 잘 잡히지 않았다. 하서가 그 여자의 얼굴을 보니 꽃다운 나이에 몹시 아리따운 것이 세상에 둘도 없는 미인이었다. 이윽고 여자는 너울을 다시 쓰고 떠났다. 하서는 마음속에 큰 욕정이 일어나는 걸 느꼈지만 곧바로 마음을 고쳐먹었다.

'사족士族[2] 여인에게 감히 이런 나쁜 마음을 품어서야 되겠나.'

그러나 마음속 욕정이 사그라졌는가 하면 다시 타올라 끝내 억

1. **하서河西** 조선 중기의 도학자道學者 김인후金麟厚(1510~1560)의 호. 전라남도 장성長城 사람이다.
2. **사족士族** 양반.

제할 수 없었다.

하서는 결국 그 여자의 뒤를 따라갔다. 여자는 몇 리 못 가서 산모퉁이를 향해 들어갔다. 거기에는 기와집이 한 채 보였다. 집 뒤로는 대숲이 있었고, 집 앞에는 큰 시내가 흐르고 있었으며, 집은 몹시 으리으리했다.

하서는 곧장 사랑채로 들어갔다. 창호지는 여기저기 찢어져 있고, 바닥에는 먼지가 한 치도 넘게 쌓여 있었다. 앞에 네모진 연못이 있었는데, 연못 안에는 연꽃이 가득 피어 있었다. 하서는 하인을 불러 말했다.

"나는 지나가는 길손인데 너무 무더워서 좁은 방에 묵을 수 없어 그러니 여기 마루에서 쉬어 갔으면 한다."

"이곳은 과부 댁입니다. 자제분이 안 계시니 좀 곤란하겠습니다."

"네 말이 옳긴 하지만 안채와 바깥채가 떨어져 있는데 이곳에서 잠시 쉰들 무슨 문제가 있겠느냐. 들어가 주인께 아뢰어 보아라."

하인은 그 말대로 하고는 다시 나와 말을 전했다.

"이미 오셨으니 하룻밤 잠시 묵어가셔도 무방하겠다고 하시네요."

하서는 함께 온 하인과 말을 행랑채에 머물게 한 뒤, 사랑채 마루를 쓸고 홀로 누웠다.

한밤중이었다. 사방에선 아무 소리도 들리지 않았고, 하늘의
별들은 달처럼 환했다. 하서는 담장을 넘어 안채 깊숙이 들어갔
다. 등불 그림자가 창에 비치고 있었다. 하서는 살금살금 다가가
창틈으로 방 안을 엿보았다. 젊은 승려가 그 여자와 마주앉아 술
을 마시며 치근대고 희롱하는데 못하는 짓이 없었다.

하서는 분노를 참을 수 없었다. 젊은 승려를 없애 버려야겠다
고 생각하고는 우선 밖으로 나와 있다가 승려가 잠들기를 기다려
단검을 들고 들어갔다. 승려는 드르렁드르렁 우레처럼 코를 골고
있었다. 하서는 살며시 문을 열고 방 안으로 들어가 단검으로 승
려의 가슴을 깊숙이 찔렀다. 단검의 끝이 승려의 등 뒤로 나왔다.
승려는 비명 한 번 지르지 못하고 죽었다. 여자는 두려워 벌벌 떨
며 살려 달라고 애원했다.

하서는 말했다.

"너는 사족 여자로서 어찌 중놈과 간통하여 함께 남편을 죽일
수 있단 말이냐? 네 남편은 누구냐?"

"일이 이 지경에 이르렀으니, 어찌 감히 숨기겠습니까? 제 남
편은 젊고 재주 있는 선비로서 여러 번 향시³에 합격한 바 있습니

ꔛꔛꔛꔛ

3. 향시鄕試 지방에서 보이던 문과의 초시初試(1차 시험)를 말한다. 서울과 지방에서 치르는 문과 초
시에 합격한 뒤 서울에서 치르는 복시覆試(2차 시험)와 전시殿試(최종 시험)까지 모두 합격하는 것
을 '과거급제'라고 한다.

다. 작년 여름에 친구들과 함께 절에 가서 공부할 때 이 중을 내려보내 쌀과 반찬을 가져오게 했습니다. 중이 내려왔을 때 큰비가 사흘 밤낮을 퍼붓더니 집 앞의 시냇물이 불어나 나흘째가 되어서야 비로소 건널 수 있게 되었습니다. 그동안 중은 행랑채에 머물러 있었지요. 여름비가 내리는 밤이라 그 푹푹 찌는 기운을 견디지 못해 저는 창문을 열어 놓고 잠을 잤는데, 중이 한밤중에 몰래 들어왔습니다. 저는 깊이 잠든 탓에 그만 몸을 더럽히고 말았습니다. 그때 죽지 못한 것은 죽을죄입니다만 남편을 죽인 것은 제가 아니고 중이었습니다."

하서는 그 말을 듣고 곧바로 나와 앉았다가 기둥에 기대 설핏 잠이 들었다. 문득 갓을 쓰고 푸른 옷을 입은 젊은이가 다가와 읍揖하는 것이 보였다. 하서는 물었다.

"뉘십니까?"

"이 집 주인입니다."

"이 집은 과부가 사는 댁이라고 들었는데, 바깥주인이 계시다니요?"

젊은이는 긴 한숨을 쉬고 말했다.

"제가 그 바깥주인입니다. 어려서부터 학문에 힘써서 입신양명을 기대하고 있었습니다만 불행하게도 아내와 중놈이 간통하더니 밤을 틈타 함께 저를 죽이고 말았습니다. 저들은 저를 뒤뜰 대숲 속에 몰래 묻고는 제가 호랑이에게 잡아먹혔다고 거짓말을 했습니다. 저는 늘 원통하고 분한 마음을 품고 있었지만, 군자를 만나지 않고서는 이런 사정을 발설할 수 없다고 생각했습니다. 그러다가 마침 선생을 만나게 되었기에 부탁드릴 일이 있어 일부러 회오리바람을 일으켜 너울을 날아가게 했습니다. 선생께서 그 미모에 마음이 이끌려 이곳까지 오시도록 했던 것입니다.

지금 선생께서 제 원수를 갚아 주셨으니 더없이 큰 은혜에 어찌 보답하지 않을 수 있겠습니까. 선생께서 이번에 서울로 가시면 분명 칠석절일제[4]가 있을 것입니다. '칠석'으로 제목을 삼아 부[5]를 짓게 할 텐데 서두를 이렇게 시작하십시오.

가을바람 소슬하게 저녁에 불고
툭 트인 하늘은 저리 높아라.[6]

그렇게 하신다면 분명히 1등을 하실 것이요, 이로써 곧바로 문과에 응시할 자격을 얻어 과거에 급제하실 것입니다."

젊은이는 절하여 사례하고 떠났다.

하서는 문득 잠에서 깨어났다. 하서는 하인을 불러 급히 행장

---

4. 칠석절일제七夕節日製　나라에서 칠월 칠석의 명절을 기념해 선비들에게 보이던 시험.
5. 부賦　과거 시험에서 짓는 글의 하나. 여섯 글자로 한 글귀를 이루어 대구對句를 맞추어 짓는다.
6. 가을바람 소슬하게~저리 높아라　김인후의 문집인 『하서집』河西集에 수록된 「칠석부」七夕賦의 처음 두 구절. 김인후의 「칠석부」는 당시 널리 회자되었다.

을 꾸리게 하고는 길을 떠났다.

　서울에 도착하니 정말 칠석절일제가 있었다. 과연 '칠석'을 제목으로 삼아 부賦를 지으라는 문제가 나왔다. 하서는 젊은이에게 들은 글귀를 서두로 삼아서 한 편의 글을 지어 올렸다.

　당시에 정승 김모재[7]가 성균관 대사성[8]으로서 시험을 주관했는데, 하서가 제출한 글의 첫 두 구절을 듣고는 깜짝 놀라며 말했다.

　"이건 분명 귀신의 말이다!"

　그 다음 구절을 듣고는 이리 말했다.

　"이건 그저 문장 잘하는 사람의 솜씨구나."

　글 한 편을 다 읽고는 또 이렇게 말했다.

　"첫 두 구절 말고는 모두 한 사람의 솜씨군."

　이듬해 봄에 하서는 과거에 급제하여 고향으로 내려갔다. 가는 길에 일부러 전에 지나왔던 과부의 집에 들러 보니, 그 집 앞에는 열녀문이 높이 서 있었다. 하서는 근처에 있는 집에서 하룻밤 묵으며 물었다.

　"저기 열녀문이 선 집은 뉘 댁이오?"

　주인은 혀를 차며 칭송을 늘어놓았다.

　"과부가 사는 댁인데, 어떤 중이 밤에 들어와 그 댁 과부를 겁

---

7. **김모재金慕齋** 중종中宗 때의 문신 김안국金安國을 말한다. '모재'는 그 호이다.
8. **대사성大司成** 조선 시대 최고 교육기관인 성균관成均館의 으뜸 벼슬. 정3품 관직이다.

탈하려 한 일이 있었습니다. 과부는 칼을 뽑아 그 중을 찌르고 소리를 질렀다는군요. 남녀 하인들이 화들짝 일어나서 불을 밝혀 살펴보니 중의 가슴팍에 칼이 박혀 있고 방 안에 선혈이 낭자하더랍니다. 온 마을 사람들이 그 과부의 높은 절개를 아름다이 여겨 관아에 급히 아뢰었지요. 관아에서는 사실을 확인한 뒤에 감영監營에 보고하고, 감영에서는 다시 열녀를 표창해 달라고 조정에 요청한 겁니다."

하서는 이튿날 아침, 그 고을 사또를 찾아가 말했다.

"이 고을 아무 집에 정문⁹을 세운 것은 지극히 잘못된 일입니다. 그 때문에 제가 촉박한 일정임에도 들어와 뵙습니다."

사또는 깜짝 놀라 말했다.

"무슨 말씀이오? 자세한 내용을 듣고 싶소."

하서는 사정을 자세히 말한 뒤 그 집 뒤에 있는 대숲에서 시신을 찾아보라고 요청했다. 사또는 말했다.

"공公의 높은 뜻은 사람들이 미칠 수 없는 바요. 지금 고향으로 내려가지 마시고, 나와 함께 가서 직접 살펴보았으면 하는데, 어떻겠소?"

"좋습니다."

사또와 하서가 그 집에 직접 가서 하인들로 하여금 대숲을 살

9. **정문**旌門 충신·효자·열녀를 표창하기 위하여 그 집 앞에 세우던 붉은 문.

샅이 뒤져 매장된 시신을 찾게 했다. 과연 땅속에 파문혀 있던 시신이 발견되었다. 검시檢屍해 보니 얼굴색은 살아 있는 듯했고 찔리거나 베인 상처는 달리 없었는데, 다만 목 주위를 빙 둘러 퍼런 자국이 나 있었다. 목이 졸려 죽은 것이었다.

사또는 즉시 죽은 사람의 부모에게 연락하고 그 여자를 잡아들였다. 하서와 마주 앉혀 추궁하니 여자는 묻는 것마다 하나하나 죄를 자백했다. 사또는 그 여자를 결박하여 옥에 가두고 열녀문을 허문 뒤 감사에게 급히 보고했다. 감사는 즉시 임금께 아뢰었고, 조정에서는 금오랑[10]을 파견하여 그 여자를 잡아 오게 한 뒤 그 죄를 벌했다. 사또는 죽은 사람의 부모에게 장례 물품을 넉넉하게 지급하고 좋은 날짜를 택하여 후히 장례를 치르게 했다.

어느 날 죽은 선비의 혼령이 하서의 꿈에 나타나 말했다.

"선생께서 제 원수를 죽여 주시고 제 시신까지 찾아 장례 지내게 해 주셨으니, 그 깊은 은혜와 두터운 덕에 결초보은코자 합니다. 훗날 선생께서 누리실 복록이 어찌 선생이 지니신 덕에 걸맞지 않겠습니까?"

하서는 높은 관직을 역임하며 한 시대에 명성을 떨쳤고, 사후에는 서원[11]이 건립되어 오래도록 나라에서 지내 주는 제사를 받았다. 하서 자신의 도덕과 문장과 충의 덕분에 이러한 영예가 있

꽃꽃꽃꽃

10. **금오랑**金吾郎 종5품 벼슬인 의금부義禁府 도사都事를 말한다.

었지만, 남의 원수를 갚아 준 음덕陰德 또한 도움이 되지 않았겠는가.

논평한다.

"사족 여인을 보고 나쁜 마음을 먹는 것은 약간의 지식이 있는 사람이라도 하지 않을 일인데, 하물며 선생과 같이 학식과 의리를 지닌 분이 절대 품어서는 안 될 그런 마음을 감히 품을 리가 있겠는가. 실로 이는 하늘이 선생의 마음을 유혹함으로써 선생의 손을 빌려 악인을 없애고 원혼寃魂의 억울함을 풀고자 했기 때문일 것이다. 그렇지 않다면 이런 말도 안 되는 일이 어찌 있을 수 있겠는가."

11. 서원 필암서원筆巖書院을 말한다. 김인후 사후에 그 고향인 전라도 장성의 유생들이 건립하여 이곳에서 김인후의 제사를 지냈다.

최
원
정

최원정[1]의 이름은 수성이요, '원정'은 그의 별호別號다.

원정은 태어날 때부터 총명하고 외모가 준수했다. 네댓 살에 글을 지을 줄 알았는데, 글이 무척 예스럽고 법도가 있어 당나라 사람의 기풍이 많았으므로 보는 이들마다 신동의 기이한 재주라며 칭찬했다. 천성이 지극히 어질어 부모에게 효도하고 어른을 공경했으며, 옷이 해져 추위에 떠는 아이를 보면 옷을 벗어 주었고, 먹을 것이 없어 굶주린 아이를 보면 제 음식을 가져다 먹였다. 사람들은 모두들 "이 아이는 나중에 분명히 큰사람이 될 거야"라며 칭찬해 마지않았다.

열 살이 되자 문장을 크게 이루었고, 그 밖의 온갖 재주를 겸비

---

1. **최원정崔猿亭** 최수성崔壽峸(1487~1521)을 말한다. '원정'은 그 호다. 김굉필의 문인으로서, 조광조·김정 등과 교유하며 학문을 연마하여 사림士林에 명망이 높았고, 시문·서화·음률·수학 등에 두루 정통한 기재奇才였다. 1519년 기묘사화를 목도한 후 관직에 나가지 않기로 결심하고 명산을 유람하다가 1521년 신사무옥辛巳誣獄 때 사형당했다.

했다. 시를 지으면 품격이 이백李白과 두보杜甫보다 못하지 않았고,
문文을 지으면 법식이 한유韓愈와 유종원柳宗元보다 떨어지지 않았
으며, 필법은 왕희지²의 글씨에 필적할 만했고, 그림은 고개지³
의 신묘한 솜씨 못지않았으니, 온 세상이 모두 팔방미인이라 칭
송했다.

장성하자 글 잘한다는 명성이 매우 높았지만 누차 과거에 응시
했음에도 합격하지 못했다. 그리하여 남행⁴으로 관직에 나가 세
마⁵ 벼슬을 지내기에 이르렀으나, 강직한 말을 거리낌 없이 하며
남의 잘못 지적하기를 꺼리지 않았던 까닭에 세상의 미움을 받아
벼슬길에서 그리 출세하지 못했다. 이 때문에 원정은 항상 비분
강개한 마음을 가진 채 벼슬을 그만둘 생각을 품고 있었다.

이때 정승 남 아무개⁶가 꾀가 많고 간사해서 자신을 낮추는 척
하고 아첨하는 웃음을 지어 임금의 뜻에 영합했다. 그러므로 신
하들 중에서 으뜸가는 총애를 입어 안팎의 권력을 한 손에 쥐게
되었는데, 겉으로는 달콤한 말을 하면서 속에는 칼을 품어 많은
충신들을 해쳤다. 그렇게 되니 군자들은 물러나고 소인들은 등용

---

2. **왕희지王羲之** 동진東晉의 서예가.
3. **고개지顧愷之** 동진東晉의 문인화가.
4. **남행南行** 과거 시험을 통하지 않고 음직蔭職으로 벼슬하는 일.
5. **세마洗馬** 세자익위사世子翊衛司의 정9품 관직. '세자익위사'는 왕세자의 호위를 맡아보던 관아.
6. **정승 남 아무개** 중종中宗 때 좌의정과 영의정을 지낸 남곤南袞(1471~1527)을 말한다. 기묘사화를
   일으켜 조광조 등 신진사류를 숙청한 장본인이다.

되었으며, 사방에서 보내는 뇌물이 폭주했고 문신이건 무신이건 그에게 붙어 추종하지 않는 이가 없었다. 유독 원정만은 남정승의 사람됨을 천하게 여기고 그가 하는 일을 분하게 여기며 일절 상종하지 않았다. 남정승은 이를 늘 한스럽게 여기며 원정을 해칠 계략을 오랫동안 꾸미고 있었다. 원정은 남정승의 뜻을 알아차리고 탄식했다.

"사람이 벼슬하는 이유가 어찌 먹고살기 위해서겠는가? 위로는 임금의 잘못을 바로잡고 아래로는 내 참다운 마음을 다하는 일, 어진 사람이 재야에 있으면 나와서 벼슬하게 하고 간신이 조정에 있으면 물리쳐 쫓아내는 일, 그렇게 함으로써 우리 임금을 요순과 같은 군주로 만들고 우리 백성을 요순시절의 백성으로 만들며, 반석처럼 굳건하게 사직을 받들고 도탄에 빠진 백성을 구제하여, 역사에 공을 남기고 후대에 길이 이름을 전하는 일, 이것이 바로 선비의 바람이다.

지금은 그렇지 않아서 간신이 중간에서 정권을 농락하고 임금을 속이며, 감히 한 조각 요사스러운 기운으로 해와 달의 빛을 가리고 있다. 그렇건만 대신들은 그 위세를 두려워하여 입을 다문 채 아무 말이 없고, 뜻있는 선비들은 그런 처사에 분을 품었으면서도 자취를 감추고 나오지 않으니, 이는 참으로 비간[7]이 간언하다 죽임을 당하던 때와 같고, 주운[8]이 간신을 베어 버릴 검을 달라고 청하다가 대궐 기둥을 부러뜨린 시절과 같다.

그러나 생각건대 주상께서는 본래 은나라 주왕[9]과 같은 과실이 없고, 나는 주운과 같은 강직함을 지니지 못했다. 비록 궁궐에서 긴 말로 간언한다 한들 필시 임금의 은혜에 반 푼이라도 보답할 길이 없을 것이요, 다만 권세를 가진 간신배들과 원한을 맺어 반드시 그들의 그물에 잡히는 재앙을 면치 못하게 될 것이니, 이는 매복[10]이 벼슬을 그만두고, 소광[11]이 용퇴하던 시절과 같다.

고향의 전원이 황폐해지려는데 어찌 돌아가지 않으리오?[12] 도연명의 귀거래를 본받으리라. 강물에 살진 물고기가 노니는데 어찌 옛 생각을 하지 않으리오? 엄광[13]의 낚싯대를 잡아야 하리라.

부귀하되 몸이 위태로운 것보다는 빈천하되 마음 편한 것이 낫지 않겠나. 머뭇거리며 분수에 넘치는 일을 바라다가 후회하기에 이르러서는 안 된다는 옛날의 훌륭한 가르침이 있지 않은가. 지

---

7. **비간比干** 상商나라 주왕紂王의 숙부로, 주왕에게 폭정을 그만두도록 간언하다가 심장을 찢기어 죽었다.

8. **주운朱雲** 한나라 성제成帝 때의 충신으로, 다음 고사가 전한다: 주운이 "상방검上方劍을 빌려 간신 장우張禹를 베어 버렸으면 합니다"라는 글을 성제에게 올리자, 성제는 크게 노하여 주운을 하옥시키도록 명령했다. 주운이 저항하며 대궐의 기둥을 부여잡자 그만 기둥이 부러졌다.

9. **주왕紂王** 은나라의 마지막 임금이었던 폭군.

10. **매복梅福** 한나라 때의 인물. 성제成帝와 애제哀帝 때 황제에게 여러 번 글을 올려 간언했다. 후에 왕망王莽이 전횡을 일삼자 하루아침에 처자를 버리고 은둔했다.

11. **소광疏廣** 한나라 선제宣帝 때의 인물. 5년간 대부太傅 벼슬을 지냈으나, 높은 관직에 오래 머물며 세상에 이름이 높으면 후회가 생긴다고 여겨 벼슬을 그만두고 귀향했다.

12. **고향의 전원이~돌아가지 않으리오** 도연명陶淵明의 「귀거래사」歸去來辭에 나오는 말.

13. **엄광嚴光** 후한 광무제의 어릴 적 친구로, 훗날 광무제가 황제로 즉위하자 이름을 바꾸고 은거했다. 광무제가 그의 어짊을 생각하고 벼슬을 주어 불렀으나 끝내 부춘산富春山에 은거하며 낚시로 소일하다가 일생을 마쳤다.

금이 바로 일찍 기미를 보아 물러나야 할 때니, 떠나야겠다."

원정은 그날로 사직서를 올리고 가족들과 함께 고향으로 돌아가서 진위[14] 고을 북쪽에 은둔하며 유유자적 지냈다. 비가 개어 따뜻한 날에는 짧은 도롱이를 걸치고 긴 낚싯대를 든 채 강과 호수 사이를 왕래했고, 구름이 옅고 바람이 산들 부는 날에는 칡베로 만든 두건에 베옷 차림으로 꽃나무 사이를 서성였다. 두 귀로는 조정에서 누가 쫓겨나고 누가 승진한 게 옳으니 그르니 하는 이야기를 듣지 않았고, 입으로는 정치가 잘되느니 못되느니 하는 말을 하지 않았다. 그렇게 지내노라니 그 한가로움은 옛날 상산의 사호[15]에 비길 만했고, 그 편안함은 무릉도원에 사는 백성에 견줄 만했으며, 율리[16]에 살던 도연명의 즐거움도 이보다 더할 수는 없었고, 반곡으로 돌아간 이원[17]의 일도 이보다 귀할 수는 없었다.

원정이 은둔하기 전의 일이다. 원정에게는 숙부[18]가 있었는데, 성품이 몹시 간사하고 음험하며 재주가 많았다. 숙부는 남의 뜻

꽃꽃꽃꽃

14. **진위振威** 경기도 오산 밑에 있는 땅 이름.
15. **상산商山의 사호四皓** 한나라 고조高祖 때 상산商山(중국 섬서성에 있는 산)에 은거해 있던 네 명의 고사高士.
16. **율리栗里** 강서성江西省 구강九江 서남쪽의 땅 이름. 도연명이 이곳에 은거했다.
17. **반곡으로 돌아간 이원** '이원'李愿은 당나라 때의 인물이다. 반곡盤谷(하북성 태항산太行山 남쪽의 땅 이름)에 은거하기 위해 떠나는 그를 위해 한유韓愈가 「반곡으로 돌아가는 이원을 보내며」(送李愿歸盤谷序)라는 글을 지은 바 있다.
18. **숙부** 최세절崔世節(1479~1535)을 말한다. 연산군 때 문과에 장원급제하여 중종 때 승지·형조참판을 지냈다.

에 영합하기를 잘하고 오로지 제 이익만 챙겨 세력이 있으면 아첨하고 세력을 잃으면 푸대접하며, 유리하면 달라붙고 불리하면 내치며, 형세를 살펴 이리저리 일을 잘 주선하고 일마다 영리하게 처리했다. 그런 까닭에 정승들과 교유가 많았고 조정에서의 권세가 대단했다. 이 때문에 원정과는 뜻이 맞지 않았고, 원정은 매번 바른말로 간언했다.

"군자와 군자의 사귐은 두루 사귀지 패거리를 짓지 않으며,[19] 소인과 소인의 사귐은 패거리를 짓지 두루 사귀지 못합니다.[20] 지금 숙부께서는 군자가 두루 사귀는 것은 모르고 오로지 소인이 패거리 짓는 일을 숭상하십니다. 그리하여 숙부를 흘겨보는 이들이 많거늘, 어찌 부끄러워하지 않으십니까?"

"내 천성이 우매한데, 어떻게 군자와 소인을 가려서 사귈 수 있겠느냐?"

"사람이 하늘의 기운을 받은 것을 '형'形이라 하지요. '형'에서 중요한 것은 '기'氣이며, '기'의 주인은 '심'心이고, '심'의 주인은 '지'志이며, '지'가 겉으로 발한 것이 '언'言이고, '언'을 실천한 것이 '사'事이며, '사'를 이룬 것을 '행'行이라 합니다. 그러므로 성인께서는 '그 말을 들어 보고 그 눈동자를 자세히 본다면 사람이 어

---

19. 두루 사귀지 패거리를 짓지 않으며 『논어』 「위정」爲政에 나오는 말.
20. 패거리를 짓지 두루 사귀지 못합니다 『논어』 「위정」에 나오는 말.

찌 숨길 수 있겠는가?' [21]라고 말씀하셨습니다. 말과 외모만으로도 사람을 알아볼 수 있거늘, 그 행동을 보고도 사람을 알아보지 못한다면 더 말해 무엇 하겠습니까?

정직함으로 임금을 섬기고, 정성으로 부모를 섬기며, 의리에 비추어 일을 행하고, 청렴한 마음으로 재물에 임하면 군자입니다. 아첨으로 임금을 섬기고, 도리에 어긋나게 부모를 섬기며, 간사한 마음으로 일을 행하고, 탐욕스러운 마음으로 재물에 임하면 소인입니다. 숙부가 친애하는 이들은 과연 어떤 사람입니까? 또 숙부와 교유하는 이들은 대체 어떤 사람입니까? 이렇게 생각해 본다면 군자와 소인을 구별하는 데 무슨 어려움이 있겠습니까? 숙부와 친한 이들은 지위가 높다지만 빙산과 다름이 없습니다. 봄날에 햇볕이 비추기 시작하면 그 높은 지위를 유지할 수 있겠습니까? 숙부와 사귀는 이들은 위세가 대단하다지만 새벽 서리와 다름이 없습니다. 태양이 높이 떠오른 뒤에도 그 위엄을 지킬 수 있겠습니까?

숙부께서는 유의해서 들어 주십시오. 화려하게 장식한 으리으리한 집이 작은 초가집만 못하고, 진수성찬이 한 그릇 거친 밥만 못하며, 어부와 나무꾼의 즐거움이 형벌 당할 근심보다 낫고, 자연에 노니는 흥취가 형틀을 찬 괴로움보다 낫습니다. 이 때문에

---

21. 그 말을~숨길 수 있겠는가 『맹자』 「이루」離婁 상上에 나오는 말.

도연명은 녹봉에 얽매여 상관에게 허리 굽히는 일을 하지 않았고,[22] 장량은 제후의 녹봉을 받지 않았던 것입니다.[23]

숙부께서는 앞으로 부귀한 자들과의 교유를 끊고 산림에 묻힌 선비들과 어울리며, 친척들과 즐겁게 정다운 이야기를 나누고 거문고와 책을 즐기며 근심을 잊으시기 바랍니다. 이 어찌 명철보신明哲保身의 방법이 아니겠습니까? 이 어찌 아직 싹트지 않은 일을 미리 알고 대비하는 것이 아니겠습니까?"

원정의 숙부는 이 말을 듣고 묵묵부답이더니 노여운 기색이 가득한 채 떠나서 다시는 원정의 집에 오지 않았다.

그 뒤에 원정은 이런 시를 지어 풍자했다.

해 저물어 푸른 산 아득도 한데
하늘은 차고 강물 절로 일렁이네.
외배여, 서둘러 정박해야 하리
밤이면 풍랑이 거세질 테니.

숙부는 그 시를 보고 의미를 알아차리지 못해 남정승에게 보여

---

22. **도연명은 봉급에~하지 않았고** 도연명은 다섯 말의 녹봉 때문에 상관에게 비굴하게 허리를 굽힐 수 없다고 하여 벼슬을 버리고 낙향했다.
23. **장량은 제후의~않았던 것입니다** 한나라 창업의 일등 공신이었던 장량張良은 한나라 건국 후 벼슬을 마다하고 은거했다.

주며 말했다.

"이 시는 세마 벼슬을 지낸 제 조카가 저에게 준 것인데, 무슨 뜻인지 모르겠습니다. 대감께서 풀이해 주시기 바랍니다."

남정승은 한참을 보더니 말했다.

"이건 세상을 조롱하는 시로군. '해 저물어 푸른 산 아득도 한데'라는 구절은 세상의 도리가 점점 나쁜 쪽으로 가고 있다는 말이네. '하늘은 차고 강물 절로 일렁이네'라는 구절은 군주는 약하고 신하는 강하다는 뜻이야. '외배여, 서둘러 정박해야 하리', 이 구절은 세상을 피해 은거해야 한다는 뜻일세. '밤이면 풍랑이 거세질 테니'라는 구절은 조정이 장차 어지러워지리라는 뜻이네. 세상을 우습게 보고 조롱하는 뜻이 참으로 통렬하군. 자네의 가까운 친척이 아니었다면 의당 죽였겠지만, 자네 얼굴을 보아 이번만은 용서해 주겠네. 이 사람의 시를 다시는 가져오지 말게."

남정승은 이 일이 있고부터 원정을 해치려는 마음이 전보다 갑절로 커졌다. 그러나 원정은 본래 바른 마음을 가진 군자로서 산림에 물러나 살며 신의 있기로 고을에서 이름 높고 충성스럽고 효성스러움은 조정에 이미 널리 알려져 있었다. 그리하여 아무리 결점을 파헤쳐 보려 해도 깨끗하기가 흠 하나 없는 백옥과 같고, 맑기가 티끌 하나 없는 가을 강과 같았다. 사정이 이러하니 남정승은 감히 원정을 어찌 해 볼 도리가 없어 늘 불쾌한 마음이었다. 그럼에도 불구하고 재미있는 일은 남정승이 평소에 흠모하던 것이 원정의 글이요, 가장 좋아하던 것이 원정의 그림이었다는 사실이다.

어느 날 남정승은 원정의 숙부에게 말했다.

"원정이 한 짓은 밉지만, 원정이 그린 그림의 풍격을 보면 자못 사랑스러운 구석이 있거든. 자네가 나를 위해 8첩 병풍 그림을 얻어다 줄 수 있겠나. 병풍으로 만들어 쓰고 싶은데."

"뭐 어려울 게 있겠습니까? 그림 그릴 종이를 주시면 제가 직접 가서 그림을 받아 오겠습니다."

남정승은 손수 상자를 열어 종이를 꺼내더니 자리 위에 펼쳐 보였다. 종이에 찬란한 빛이 감돌고 은빛 물결이 영롱하게 일며 화려한 무늬가 현란해서 사람의 눈을 빼앗고 정신을 어지럽게 하는 것이 평생에 못 보던 것이었다.

원정의 숙부는 종이를 돌돌 말아 포장하고 하인에게 짊어지게 한 뒤 살진 말을 타고 가벼운 갖옷 차림으로 원정의 집에 갔다. 원정은 오랫동안 만나지 못했던 숙부가 오는 것을 보고는 뛸 듯이 기뻐하며 허둥지둥 나와 맞이했다. 자리에 앉아 안부 인사를 한 뒤에 원정이 물었다.

"숙부께서 3년 동안이나 오지 않으셔서 마음이 늘 울적했는데, 지금 갑자기 뵙고 나니 제 마음이 곧바로 풀어지며 기쁘기 한량없습니다. 그런데 특별히 오신 이유가 따로 있는지 감히 여쭙니다."

"네 얼굴을 보고 싶기도 하고, 또 무척 긴요한 일이 있기도 해서 왔지."

"저는 초야에 물러나 살며 속세에는 발길을 끊었습니다. 고기잡고 나무하는 게 일상이요, 거문고 타고 책이나 읽는 게 일이지요. 뜰에 꽃이 핀 걸 보면 비로소 봄인 줄 알고, 동산의 나무에 우수수 바람 소리가 들리면 그제야 가을인 줄 압니다. 사슴을 벗 삼고, 나무며 바위와 이웃해 사는 저는 태평성대의 쓸모없는 미물에 불과한데, 제게 말씀하실 만한 긴요한 일이 무엇 있겠습니까? 긴요한 일이란 게 대체 뭔지 듣고 싶습니다."

"내가 남정승과 허물없이 지내는 사이란 건 너도 잘 알지 않느냐. 남정승이 무슨 말이든 하면 내가 듣지 않을 수 없고, 무슨 일이 있으면 내가 하지 않을 수 없지. 그러던 중에 남정승이 네 그림을 흠모해서 8첩 병풍에 쓸 그림을 얻어 달라고 간청하더구나. 그래서 어쩔 도리 없이 온 것이니, 청을 들어 줘서 내 체면 좀 살려 줬으면 한다."

숙부는 그림 그릴 종이를 꺼내 자리 위에 펼쳤다. 원정은 얼굴에 불쾌한 기색을 보이더니 종이를 낚아채 땅에 내던졌다. 그러고는 풀썩 자리에 거꾸러져 벽을 향해 눕더니 장탄식을 했다.

"조카를 보러 온 게 아니라 남정승의 심부름꾼으로 오신 거군요. 나는 이런 그림 못 그립니다."

숙부는 몹시 성이 나서 말했다.

"그리고 안 그리고는 그만두고, 나는 숙부요 너는 조카다. 존비
尊卑의 차이가 있고 체모의 구별이 있거늘 내 말을 듣지 않고 앞에
서 풀썩 누워 버리다니, 이래도 되는 거냐? 네가 예를 아는 사람
이라고 세상에서들 떠받든다던데, 예를 아는 자의 행실이 과연
이런 것이냐? 참으로 통탄스러운 일이구나!"

원정은 벌떡 일어나 머리를 숙이고 사죄했다.

"감히 무례하게 행동하려던 게 아니라 생각하던 바가 있어서
그랬습니다. 숙부께서는 너그러이 용서해 주시기 바랍니다. 그려
야 한다면 정성을 다해 그려야지요. 하지만 제가 본래 화공이 아
니라서 붉은색 푸른색 물감을 가지고 있지 않으니 어떻게 그린단
말입니까?"

숙부는 화를 삭이고 말했다.

"남정승이 원하는 건 알록달록 채색한 그림이 아니야. 남정승
이 귀하게 여기는 건 수묵화이니 먹으로 그리면 되느라."

그러자 원정은 큰 벼루를 하나 꺼내어 먹 중에 품질이 떨어지
는 먹을 갈았다. 이윽고 서까래만 한 붓을 잡아 먹물 속을 이리저
리 휘저었다. 먹물이 붓에 골고루 먹기를 기다려 붓을 들고 종이
에 휘둘러 뿌려 대니, 먹물이 점점이 어지러이 떨어지는 모양이
마치 푸른 하늘에 별이 흩어지듯, 가을 산에 낙엽이 지듯 했다.
그 종이가 얼마나 귀한 것인가 생각하고 그 모양을 보고 있자니
한편으로는 아깝고 한편으로는 놀라웠다. 숙부는 발끈 성을 냈다.

"너 참 지독히도 가증스럽구나! 내 말을 듣다가 턱 하니 눕더니만, 이번에는 종이를 먹물로 더럽히다니, 이 무슨 심술이냐? 천하에 없는 이 귀한 종이를 이렇게 망가뜨려 놨으니 남정승을 무슨 면목으로 뵐꼬? 남정승께 무슨 말로 해명을 할꼬!"

원정은 기분 좋은 얼굴로 소리를 낮추어 말했다.

"먹물로 더럽혔다지만 이게 기이한 형상이 될지 어찌 알겠습니까?"

원정은 먹을 쥐고 나무를 그리기 시작했다. 길고 짧은, 앙상한 가지들은 서리 내린 뒤 잎이 모두 떨어진 모양이었고, 천 개 만 개의 점은 연못가에 낙엽이 어지러이 지는 모양이었는데, 가지마다 정신이 깃들고 잎마다 생기가 감돌았다. 그림 한 장을 그리고는 그림 위에 '낙엽장추학'落葉藏秋壑(낙엽이 가을 골짜기에 쌓여 있다) 다섯 글자를 썼다.

또 다른 종이 한 장을 펼치더니 층층이 산을 그렸다. 화려한 산이 우뚝했는데, 한쪽 면은 무너져 내려 반산半山(반쪽 산) 모양이었고, 산 위에는 한 조각 이지러진 달이 그려졌다. 이 그림에는 '잔월조반산'殘月照半山(희미하게 져 가는 달이 반산을 비추다) 다섯 글자를 썼다. 그 밖에 여섯 첩 역시 기괴한 형상이었는데, 모두 풍자하고 욕하는 뜻을 감춘 그림이었다. 숙부는 말했다.

"남정승은 사리에 밝은 군자라 할 만한 분인데 어찌 네 뜻을 모를 리가 있겠느냐?"

그러고는 노여움 가득한 얼굴로 종이를 둘둘 말아 싸더니 작별하고 떠났다.

숙부는 서울로 들어와 남정승에게 그림을 바쳤다. 남정승은 그림을 보고 몹시 기뻐했다.

"정말 천하의 명화로군! 내 소원이 이루어졌어."

남정승은 그 그림으로 병풍을 만들고 금빛 비단으로 사방을 장식해서 지극히 정교하고 사치스럽게 꾸몄다. 좌우에 옥으로 만든 궁궐과 누각이 있다 한들 그 기이함의 짝이 되기에는 부족하고, 금으로 만든 궁전과 나전으로 장식한 대궐이 있다 한들 그 화려함에 견주기에는 부족했다. 남정승은 천하에 없는 기이한 보물을 얻었다 여겨서 손님을 만날 때마다 병풍 그림을 자랑했고, 혼자 그림 앞에 앉을 때마다 칭찬을 했다. 그리하여 이름난 벼슬아치며 고관이며 화공이며 문인들 모두가 입을 모아 칭송하는 것이었다.

"천금의 보물은 얻을 수 있어도 이 여덟 첩 그림은 보기 어렵습니다."

맨 마지막에 무관 한 사람이 와서 인사하자 남정승은 또 자랑을 늘어놓았다.

"내가 요사이 병풍을 만들었는데, 사람들이 모두 좋은 물건이라고들 하더군. 자네 보기엔 어떤가?"

무관은 자세히 들여다보고 말했다.

"천하의 명화입니다. 이 그림이 천하의 오묘한 조화를 모두 빼앗았군요. 해와 달의 광채를 머금었으니 고개지의 높은 솜씨로도 그 만분지일을 당해 낼 수 없겠고, 염립본[24]의 묘한 재주로도 그 9할을 당해 낼 수 없겠습니다. 감히 여쭙니다. 이 그림은 대체 누구의 손에서 나온 것이옵니까?"

"대나무를 봤으면 됐지 주인은 찾아 뭐 하나?[25] 일단 좋은지 나쁜지나 말해 보게."

"그림과 제목을 보니 필시 대감과 사이가 좋지 않은 사람의 그림일 듯합니다. 이 사람은 은밀한 뜻으로 풍자하고 모욕하면서 대감을 나라를 망친 소인에 견주었습니다."

남정승은 화들짝 놀랐다.

"과연 평소에 나와 사이가 좋지 않던 자의 그림이야. 자네는 그 자가 풍자하고 모욕한다는 걸 어떻게 알았나? 자세히 말해 보게."

"옛날 가사도[26]는 나라를 망친 소인인데, 스스로 제 호를 '추학'秋壑(가을 골짜기)이라 지었습니다. '낙엽장추학'落葉藏秋壑이란 제목은 바로 대감을 가사도에 견주고자 지은 게 아니겠습니까? 옛

24. **염립본閻立本** 당나라 초기의 화가. 특히 초상화를 잘 그렸다.
25. **대나무를 봤으면~뭐 하나** 당나라 왕유王維의 시 「봄날 배적과 함께 신창리를 지나다가 여일인呂逸人(여씨 성의 은사隱士)을 방문했으나 만나지 못하다」(春日與裴迪過新昌里, 訪呂逸人, 不遇)의 한 구절.
26. **가사도賈似道** 남송南宋 이종理宗 때의 인물. 누이가 귀비貴妃가 되자 우승상右丞相에 올라 국정을 농단했으나, 후에 유배된 뒤 살해되었다.

날 왕안석[27] 또한 나라를 망친 소인인데, 스스로 제 호를 '반산'半山이라 지었습니다. '잔월조반산'殘月照半山이란 제목은 바로 대감을 왕안석에 견주고자 지은 게 아니겠습니까? 그 밖의 여섯 첩도 필시 어떤 뜻을 담아 만든 것일 텐데, 소인의 천박한 식견으로는 아무리 생각해도 그 의미를 이해하지 못하겠습니다. 그렇긴 하나 그림의 풍격이 은은해서 바른 마음을 가진 군자의 면모가 있으니, 이 그림은 참으로 그림 중의 명화요, 이 그림을 그린 사람은 사람 중의 이인異人이라 하겠습니다."

남정승은 이 말을 듣고 버럭 성을 냈다.

"고작 말단 벼슬아치를 지낸 주제에 재상을 풍자하고 모욕하다니, 내 이놈을 죽인 뒤에야 분을 씻을 수 있으리!"

무관이 말했다.

"아니 되옵니다, 아니 되옵니다! '독약은 입에 쓰지만 병에 이롭고, 충언은 귀에 거슬리지만 행동에 이롭다'는 속담이 있습니다. 지금 이 사람이 그림으로 풍자한 것이 대감께 독약이나 충언이 되지 않을지 어찌 알겠습니까? 잘못이 있으면 고칠 것이요, 잘못이 없으면 더욱 분발할 일이니, 그렇게 하신다면 대감 일신의 행복일 뿐 아니라 온 나라 백성의 행복이 될 것입니다. 거듭

27. **왕안석王安石** 북송 때의 문신. 신법新法을 제정하여 개혁을 꾀했으나 반대파로부터 많은 공격을 받았다.

이 점을 생각하시어 그 사람을 죽이지 않는 것이 좋겠습니다."

남정승은 이 말을 듣고 조금 화를 누그러뜨렸지만 여전히 분을 참을 수 없어 제집 마당에서 그림을 불살랐다. 마디마디 원정에게 깊은 원한을 품었음에도 끝내 원정을 해치지는 못했다.

원정은 진위에 살면서 '집에서는 부모님께 효도하고 나가서는 어른을 공경할 것이며, 그런 일을 다 하고도 여력이 있거든 글공부를 하라'[28]고 마을 사람들을 가르쳤다. 그러자 마을의 풍속이 크게 바뀌어 집집마다 효자가 되고 사람마다 충신이 되었다. 고을 수령이 그 기풍을 흠모하여 원정이 사는 마을 사람에 대해서는 상하귀천을 막론하고 요역[29]을 모두 면제해 주었다. 그러므로 당시 사람들은 그 마을의 이름을 '제역동'[30]이라고 지어 불렀는데, 그 이름은 지금까지 변하지 않은 채로 있다. 원정의 자손 또한 그 마을에 살고 있지만, 원정의 기풍은 하나도 남아 있지 않다고 한다.

정자 이름에 '원숭이 원猿' 자를 쓴 이유는 이렇다.[31] 원정이 거처하던 정자 아래에 작은 우물이 하나 있고, 우물 안에 새끼원숭이가 살았다. 원정이 연적[32]에 물이 없어 물을 가져오라고 부르면

꽃 꽃 꽃

28. **집에서는 부모님께~글공부를 하라** 공자의 말이다.
29. **요역徭役** 나라에서 장정들에게 의무적으로 부과하던 노역.
30. **제역동除役洞** '요역이 면제된 동네'라는 뜻.
31. **정자 이름에~이유는 이렇다** 최수성의 호 '원정'猿亭이 정자 이름에서 왔다고 보아 한 말.
32. **연적** 벼루에 먹을 갈 때 쓸 물을 담아두는 그릇.

새끼원숭이가 입안에 우물물을 머금고 나와서 필요할 때마다 연적에 물을 채워 주었다. 이런 까닭에 정자 이름을 '원정'猿亭이라 했다고 한다. 정말 맞는 얘기인지 모르겠지만 특별히 '원숭이 원' 자로 정자 이름을 붙였으니 반드시 그럴 만한 이유가 있었을 것이다.

또 원정의 시는 성당[33]의 격조를 얻었으므로 『국조시산』[34]에 다수 작품이 실려 있으니, 원정은 온갖 재주를 겸비한 군자라고 할 만하다.

33. **성당盛唐** 당시唐詩를 논할 때 흔히 시기를 넷으로 나누어 초당初唐·성당盛唐·중당中唐·만당晚唐이라고 하는데, 성당을 당시의 최절정기로 본다. 이백과 두보는 성당의 대표적인 시인이다.
34. **『국조시산』國朝詩刪** 광해군 때 허균許筠이 조선 역대의 빼어난 시를 뽑아 엮은 시선집詩選集.

검객 소전 小傳

유한준

검객 아무개는 영호남 사이에 살던 사람인데, 그 선조가 누구인지 알 수 없다. 사람들이 성명을 물어도 말하지 않았는데, 훗날 검술로 유명해졌으므로 사람들은 그를 '검객'이라고 불렀다.

검객의 아버지는 영호남을 드나들며 장사를 하다가 살해당했으나 누가 죽였는지 알 수 없었다. 마침 그 고을의 현령縣令이 사건을 조사하여 검객의 아버지를 살해한 자를 잡아 죽였다. 검객은 아버지의 원수를 갚은 것을 천만다행으로 여겼지만, 이미 집안이 망한 뒤라 사방으로 떠돌아다녀야 했다.

검객은 검술을 써서 남을 돕기를 좋아했다. 마침내 검술에 능한 사람을 따라가 정식으로 검술을 배우기 시작해서 배운 지 3년 만에 통달하게 되었다. 달 밝은 밤이면 홀로 검을 들고 깊고 깊은 산골짜기 아무도 없는 곳으로 들어가 검술 연습을 하고 돌아오는 것이 일상사였지만, 그 일을 아는 사람은 아무도 없었다.

선조宣祖 때 풍신수길[1]이 조선을 침략하자 조선에서는 검객을 모집하고 그중에서 정예 용사 아홉 명을 선발하여 전투에 나서게 했다. 검객 역시 아홉 명 안에 뽑혔다. 조정에서는 아홉 명을 무장시켜 내보냈는데, 이들은 모두 혼자서 백 명을 상대할 수 있는 검술을 지니고 있었다.

풍신수길은 조선에서 검객을 내세워 전투를 벌인다는 소식을 듣고 역시 무사를 내보내 대응했다. 왜인倭人 무사는 '초립법'草笠法이라는 기술을 썼는데, 초립법은 검술에서도 특이한 검법이었다. 상대와 맞서 싸우다가 쓰고 있던 초립을 움직이면 여덟 검객의 머리가 차례차례 잘리는 것이었다. 이제 마지막 남은 검객의 차례였다. 검객은 생각했다.

'왜인 무사는 천하의 이인異人이니 당해 낼 수 없다. 그러나 싸울 수밖에 없다!'

검객은 몸을 날려 곧장 하늘로 솟구쳐 올랐다가 허공에서 내려와 무사 가까이로 가더니 홀연 무사의 초립 끈을 끊었다. 무사가 아무것도 보이지 않아 손을 쓰지 못하는 사이 검객의 검이 무사의 머리 위에서 번뜩였다. 무사는 그렇게 죽고 말았다. 검객은 말했다.

"약점을 틈탈 수 있었기에 망정이지 그렇지 않았다면 무사는 내 검에 죽지 않았을 거야."

꿈꿈꿈꿈

1. 풍신수길豊臣秀吉 도요토미 히데요시(1536~1598).

194

검객은 해마다 왜인 무사와 싸웠던 날이 돌아오면 밤에 제사상을 차려 죽은 검객들의 제사를 지냈다. 항상 술잔을 아홉 개 놓았는데, 좌우로 여덟 개를 늘어놓고 가운데 한 개를 두었다. 누군가 그 이유를 묻자 검객은 말했다.

"여덟 검객은 내 친구였고, 왜인 무사는 내 스승이었소."

검객은 훗날 재상의 수하에 들어가 총애를 받았다. 하루는 재상이 집무실에 앉아 공무를 보고 있는데, 노승 한 사람이 느닷없이 들이닥치더니 계단을 올라 재상을 찔러 죽이려 했다. 일대 소란이 벌어졌다. 검객이 그 자리에 있다가 그 광경을 보고는 함성을 지르며 품속에서 검을 꺼내 노승을 베어 죽였다. 노승은 바로 검객의 아버지를 살해한 자의 아들이었다. 검객은 재상에게 말했다.

"열흘 뒤에 승려 하나가 또 올 겁니다."

열흘 뒤에 과연 승려가 와서 검객을 찾았다.

"죽은 승려는 내 제자다. 나와 검술로 겨뤄 보겠느냐?"

"좋다!"

검술 대결이 벌어졌다. 검이 부딪칠 때마다 눈서리 같은 빛이 공중에 보였고 두 개의 푸른색 옹이가 위아래로 오르내렸다.

얼마나 지났을까. 피가 서너 점 땅에 떨어졌다. 검객은 천천히 내려와 휘파람을 크게 불며 말했다.

"승려는 죽었습니다. 검술에는 열두 가지 기술이 있는데, 그중

한 가지를 승려는 알지 못했습니다. 그렇긴 하지만 역시 훌륭한 검술이었습니다."

이튿날 검객은 재상에게 작별인사를 했다.

"제가 오래 머물며 떠나지 않았던 것은 공의 은혜에 보답할 마땅한 기회를 기다렸기 때문입니다. 이제 은혜를 갚았으니 떠나고자 합니다."

"내가 자네에게 무슨 은혜를 베풀었다는 건가?"

"저는 공께서 영호남 사이의 고을에서 현령을 지내실 때 원수를 갚아 주셨던 사람의 아들입니다."

재상은 예전 일을 기억하고는 깜짝 놀랐다. 곁에 두고 싶었지만, 검객을 머물러 있게 할 방법이 없었다. 사람을 시켜 검객을 뒤쫓게 했으나 검객은 벌써 사라지고 없었다. 그 뒤 검객이 어떻게 살다 죽었는지는 알 수 없다.

이 책에 실린 열여섯 편의 작품은 기인奇人이나 협객俠客
을 주인공으로 한 조선 후기의 한문 단편소설들이다. 작품에 등장하
는 기인과 협객 중에는 세상 속에서 사람들과 어울려 살아가는 이도
있지만, 속세와 멀리 떨어져 숨어 사는 이가 대부분이다. 대개 이름조
차 알 수 없는 이들은, 말하자면 '숨어 있는 고수高手'인 셈이다.

불세출의 능력을 가졌지만 능력을 감추고 사는 기이한
사람들의 세계를 엿보는 일은 흥미롭다. 제 몸 하나 가누지 못할 것처
럼 보이던 소년이 천하장사를 가뿐히 메다꽂는 장면은 통쾌하기 그지
없고, 검협劍俠들의 변화무쌍한 검술은 참으로 신비롭다. 아내로 하여
금 날마다 끼니 걱정을 하게 하던 선비가 단숨에 조선 전역의 경제를
쥐락펴락하는 모습 또한 호쾌하다. 모두가 우습게 보던 이가 알고 보
니 세상을 구할 재주를 가지고 있더라는 데서는 눈에 보이는 것이 전
부가 아니라는 깨달음을 얻게 된다.

■■■ 「각저소년전」角觝少年傳은 변종운卞鍾運(1790~1866)이

지은 작품이다. 변종운은 조선 후기의 문인으로, 호는 소재嘯齋이다. 중인中人 출신으로 순조純祖 때 역과譯科에 급제했다. 시에 능했으며, 저서로 『소재시초』嘯齋詩抄가 전한다. 「각저소년전」은 『소재시초』에 실려 있다.

'각저'는 씨름을 말하니, '각저소년'은 '씨름 잘하는 소년'이라는 뜻이다. 몸이 가냘프기 짝이 없어 입고 있는 옷의 무게도 감당할 수 없을 것처럼 보이던 각저소년이 괴력의 승려에 당당히 맞서 누구도 예상치 못했던 결과를 보여 준다. 원래 진정한 고수는 세상에 자기를 드러내지 않고 숨어 지내는 법이다. 이 점에서 이 작품은 세상의 헛된 명성을 구하며 작은 재주를 믿고 으스대는 일은 없는지 우리 자신을 돌아보게 한다.

■■■ 「검승전」劍僧傳은 신광수申光洙(1712~1775)가 지은 작품이다. 신광수는 영조英祖 때의 뛰어난 시인으로, 호는 석북石北이다. 조선의 풍속을 노래한 시나 백성의 삶에 대한 관심을 표명한 시를 많이 남겼다. 저서로는 문집인 『석북집』石北集이 전한다. 「검승전」은 『석북집』에 실려 있다.

1757년(영조 33)에 창작된 이 작품은 일본인 노승의 회고 형식을 빌려 임진왜란의 상흔傷痕을 드러낸다. 원수 사이인 조선인과 왜인倭人이 사제지간師弟之間이 되어 애증 관계에 놓이게 한 것은 오늘날의 무협지를 방불케 하는 재미난 설정이다. 임진왜란은 우리나라 서사문학에 큰 영향을 끼쳤는데, 17세기 이래 '검협전'劍俠傳에 해당하는 작품들이 생겨

난 것도 임진왜란의 영향이라 할 수 있다.

••••「다모전」茶母傳은 송지양宋持養(1782~?)이 지은 작품이다. 송지양은 순조純祖 때의 문신으로, 호는 낭산朗山이다. 문과에 급제하여 지평持平·교리校理 등의 벼슬을 지냈다. 저서로 문집인 『낭산문고』朗山文稿가 전한다. 「다모전」은 『낭산문고』에 실려 있다.

'다모'는 본래 관아에서 식모 노릇 하는 여종을 말한다. 그러나 상층 여성 관련 범죄 등 남성들이 처리하기 곤란한 사건의 경우 여성 수사관이 필요했기에 한성부漢城府(지금의 서울시청)나 포도청에서는 똑똑한 다모를 뽑아 수사관의 역할을 맡겼다.

불법을 적발하는 것이 다모의 임무다. 고발된 집에 들어가 밀주를 빚은 증거를 찾았으니, 법대로 처벌하도록 보고하면 될 일이다. 그러나 다모는 '법'으로만 다스릴 수 없는 가난한 사대부 집안의 딱한 사정을 동정하고, 이익에 눈이 멀어 고발한 자의 파렴치함에 분노한다. 다모의 의협심은 바로 이 대목에서 빛을 발한다. 자신이 하고 있는 일이 과연 정당한지 스스로 묻지 않고 형식적인 법령이나 규정에 모든 책임을 떠넘기며 거대한 기계의 부속품으로 전락해 가는 현대인들로서는 느끼는 바가 없을 수 없다.

••••「검녀」劍女는 안석경安錫儆(1718~1774)이 지은 작품이다. 안석경의 호는 삽교霅橋 혹은 탁이산인卓異山人이다. 평생 벼슬하지 않고 저술에 전념했는데, 그의 글 가운데에는 현실에 대한 예리한 관

찰을 보여 주는 것들이 적지 않다. 저서로는 문집인 『삽교집』薑橋集과 『삽교만록』薑橋漫錄이 전한다. 「검녀」는 『삽교만록』에 실려 있다. 원래 제목이 없는 글인데, 이우성·임형택 교수가 『이조한문단편집』(中, 일조각, 1978)에서 붙인 제목을 따랐다.

「검녀」는 여성 검객을 주인공으로 삼은 희귀한 작품이다. 무협소설에 자주 등장하는 복수 테마를 취하되 여성이 복수의 주체로 등장한 점, 당대의 이름난 학자를 자신의 배필로 걸맞지 않다 여기고 자신의 길을 찾아 떠나는 검녀의 최후 선택 등 오늘날 여성주의적 관점에서 재해석될 여러 요소들을 가지고 있다. 변화무쌍한 검술 묘사 장면이 흥미롭고, 액자의 액자 속에 '중심 이야기'가 들어 있는 형식도 눈여겨볼 만하다.

••• 「바보 삼촌」과 「김천일 처」는 이희평李羲平(1772~ 1839)이 지은 작품이다. 이희평은 순조純祖 때의 문신으로, 호는 계서溪西이고, 본관은 한산韓山이다. 노론老論 명문가 출신으로, 전주부사全州府使·황주목사黃州牧使 등을 지냈다. 저술로는 외6촌인 혜경궁 홍씨의 회갑연에 참석했던 일을 기록한 『화성일기』華城日記, 부친 이태영李泰永의 사적을 기록한 『과정록』過庭錄, 야담집인 『계서잡록』溪西雜錄 등이 전한다.

「바보 삼촌」과 「김천일 처」는 모두 『계서잡록』에 실려 있다. 원래 제목이 없는 글이지만, 이 책에서 임의로 제목을 붙였다.

두 작품은 모두 훌륭한 인물의 성공 뒤에 자신의 능력을 숨기고 살던 기인奇人의 조력이 있었다는 이야기이다. 「바보 삼촌」에서는 선조 때의 명신인 유성룡柳成龍(1542~1607)의 숙부가, 「김천일 처」에서는 임진왜란 때의 의병장인 김천일金千鎰(1537~1593)의 아내가 바로 그러한 기인들이다. 남들이 보기에 유성룡의 숙부는 "아둔하고 무식해서 콩인지 보리인지도 구별하지 못하는 바보"였고, 김천일의 아내는 "아무 일도 하지 않고 날마다 낮잠만 잘 뿐"인 게으름뱅이였다. 그러나 세상에서 어리석다고 혹은 무능하다고 비웃음 당하던 두 사람은 나라의 큰 위기를 미리 꿰뚫어 보고 신기한 방책을 세워 역사적인 위인들로 하여금 나라를 구하는 위업을 이루게 했다. 민중적 감수성과 상상력이 느껴지는 설화적 발상이지만, 눈에 보이는 것이 전부가 아니라는 진리도 담겨 있다. 세속적인 기준으로 열등하다고 평가되어 무시 받는 사람이 주변에 있다면 그 사람의 진가를 과연 제대로 평가하고 있는 것인지 의심해 볼 일이다.

■■■ 「백거추전」白居秋傳은 『이야기책』利野耆冊이라는 책에 실려 전하는 작자 미상의 한문소설이다.

백거추白居秋는 이른바 호협豪俠에 해당하는 인간 타입이다. 백거추와 같이 의협심을 가진 호방한 인물이 등장하는 이른 시기의 작품으로는 신라 말 고려 초에 창작된 것으로 추정되는 「백운과 제후」(白雲際厚)를 들 수 있다. 「백운과 제후」 이후로는 16세기에 이르도록 호협이 등장하는 작품이 발견되지 않다가 「백거추전」에 이르러 호협의 본격적인 형상화가 이루어졌다. 「백거추전」은 이 점에서 소설사적으로 적잖은 의의를 가진다. 대단한 완력으로 순식간에 산적떼를 제압하고, 끝까

지 의협심을 발휘하여 위기에 처한 여성들을 구하는 백거추의 모습이
매우 인상적이다.

　　　···「보령 소년」은 홍대용洪大容(1731~1783)이 지은 작품
이다. 홍대용은 조선 후기의 실학자이자 사상가로, 호는 담헌湛軒이다.
영조 때 세손익위사世孫翊衛司 시직侍直으로서 어린 정조正祖의 교육을 담
당했으며, 정조 때 태인현감泰仁縣監, 영천군수榮川郡守 등을 역임했다. 저
서로는 문집인 『담헌서』湛軒書와 중국 기행문인 『연기』燕記·『을병연행
록』이 전한다. 「보령 소년」의 원제목은 '보령소년사'保寧少年事로, 『담헌
서』에 실려 있다.
「보령 소년」은 숨어 사는 검협의 이야기이다. 충남 보령에서 경남 고
성까지의 먼 길을 몇 시간 만에 왕복했다거나 기러기 털을 흩어 놓고
질주해도 한 오라기의 털도 움직이지 않았다거나 하는, 검협의 신기한
재주가 놀랍기 그지없다. 홍대용이 병법에 관심이 많았음은 그가 남
긴 「임하경륜」林下經綸이라는 글을 통해서도 확인되는데, 민간의 이야
기를 서사敍事의 원천으로 삼아 창작한 이 작품 속에도 홍대용의 그런
면모가 깃들어 있는 듯하다.

　　　···「이장군전」李將軍傳은 이안중李安中(1752~1791)이 지은
작품이다. 이안중의 호는 현동자玄同子 혹은 단구丹丘이다. 18세기의 저
명한 문인인 김려金鑢를 중심으로 한 문인 그룹의 일원으로서, 여성적
정조情調의 한시를 즐겨 지었다. 저술로는 문집인 『현동집』玄同集이 전

한다. 「이장군전」은 『해총』海叢이라는 책에 수록되어 있다.

「이장군전」은 민간의 설화를 윤색하여 만든 검협전에 속한다. 「이장군전」과 비슷한 내용의 이야기가 『청구야담』青邱野談에도 실려 있지만, 묘사의 구체성이나 박진감 넘치는 서술 등에서 「이장군전」이 훨씬 뛰어나다. 사람들의 눈에 보이지 않는 공중전 장면이 특히 긴장감 있게 서술되어 있다. 작품 말미의 평評에서 이안중은 인재 등용의 문제점을 지적하고 있는데, 여기에는 세상에 쓰이지 못한 작자 자신의 불우한 처지가 반영되어 있다.

••• 「오대검협전」五臺劍俠傳은 김조순金祖淳(1765~1832)이 지은 작품이다. 김조순은 윤인閨人·풍고楓皐·고향옥古香屋 등의 호를 썼다. 김조순은 요직을 역임하며 출세가도를 달렸고, 그 딸이 순조純祖의 비妃가 된 것을 계기로 세도정치의 기반을 마련했다. 저서로 문집인 『풍고집』楓皐集, 짤막한 소설이나 가벼운 산문을 모은 『고향옥소사』古香屋小史가 전한다. 「오대검협전」은 『고향옥소사』에 수록되어 있다.

이 작품은 홍대용의 「보령 소년」과 같은 유형의 이야기이다. 검협을 주인공으로 삼았고 속세의 인물이 산중에서 길을 잃고 헤매다가 은둔하고 있던 검협을 우연히 만나 그 신묘한 재주를 엿본다는 설정이 동일한데, 「보령 소년」에 비해 「오대검협전」은 묘사가 한층 자세하다.

작품 말미의 평評을 보면 작자인 김조순이 전기소설傳奇小說의 애독자였음을 확인할 수 있다. 19세기 안동김씨 세도정치의 길을 열었던 권력자 김조순이 소설 애독자이자 작가이기도 했다는 사실이 흥미롭다.

▪▪▪ 「허생전」許生傳은 박지원朴趾源(1737~1805)이 지은 작품이다. 박지원은 조선 후기의 문호이자 실학자로, 호는 연암燕巖이다. 저서로는 문집인 『연암집』燕巖集과 중국 기행문인 『열하일기』熱河日記가 전한다. 이 작품은 본래 『열하일기』 중의 「옥갑야화」玉匣夜話라는 글 속에 들어 있다.

도입부에서 허생은 생계는 내팽개친 채 글 읽기 외에는 아무 일에도 관심을 갖지 않는 인물로 그려진다. 오늘날에도 선비의 전형적인 모습을 이야기할 때면 허생의 이러한 면모가 자주 언급된다. 결국 계획했던 10년 공부를 마치지 못하고 무작정 거리로 나서 서울에서 으뜸가는 부자가 누구냐 묻는 대목이 눈길을 끈다. 조선 제일가는 부자의 면모를 보여 주는 변씨라는 인물 또한 흥미롭거니와, 작품 전반부에 펼쳐지는 허생의 매점買占 행각이 도적들과 함께 새로운 국가의 실험적 건설로 마무리되는 장면은 썩 문제적이다. 그러나 이 작품의 절정은 후반부 허생과 이완의 대화에 있다. 박지원은 허생의 입을 빌려 당대 조선 지배 세력의 문제점과 허위의식을 신랄하게 공격하고 있는데, 이 대목이야말로 이 소설의 백미라 할 만하다.

▪▪▪ 「장생전」蔣生傳은 김려金鑢(1766~1821)가 지은 작품이다. 김려의 호는 담정藫庭이다. 김려는 천주교도 관련 사건에 연루되어 함경도 부령과 경상도 진해에서 유배 생활을 했으며, 유배에서 풀려난 뒤 연산현감連山縣監·함양군수咸陽郡守를 지냈다. 저서로는 문집인 『담정유고』藫庭遺藁와 편서編書인 『담정총서』藫庭叢書가 전한다. 「장생전」은 『담

정유고』에 수록되어 있다.

비슷한 내용을 담은 허균許筠의 「장생전」 또한 유명한데, 김려는 허균의 「장생전」을 읽고 이를 바탕으로 「장생전」을 새로 썼다. 하지만 허균과 김려의 작품은 디테일, 주제의식, 문체 등에서 상당한 차이가 있다. 서울의 소년 협객들이 경복궁에 아지트를 두고 활약했다는 파격적인 설정은 지금 읽어도 흥미만점이다.

작품 말미의 평에서 거론된 '장도령'은 '천년의 우리소설' 제2권에 수록된 「장도령」(원제목은 '지리산로미봉진'智異山路迷逢眞)의 주인공과 동일인이다.

•••• 「유우춘전」柳遇春傳은 유득공柳得恭(1748~1807)이 지은 작품이다. 유득공은 조선 후기의 실학자로, 호는 영재泠齋 혹은 고운당古芸堂이다. 서얼 신분이었지만 문재文才가 뛰어나 규장각 검서檢書로 발탁되었고, 이후 포천군수·풍천부사를 지냈다. 저서로는 문집인 『영재집』泠齋集 외에 『고운당필기』古芸堂筆記·『경도잡지』京都雜志가 전한다. 「유우춘전」은 『영재집』에 실려 있다.

「유우춘전」은 일종의 '예술가 소설'이라 할 수 있다. 「유우춘전」에는 자신의 예술적 이상과 대중의 취향 사이의 큰 괴리 앞에서 괴로워하는 고독한 예술가의 형상이 잘 드러나 있다. 18세기의 한 예술가를 통해 예술성과 대중성에 관한 의미심장한 질문이 첨예한 방식으로 제기되었다는 사실이 주목된다.

•••• 「김하서전」金河西傳은 작자 미상의 한문소설이다. 이 작품은 『잡기유초』雜記類抄라는 책에 수록되어 있다.

「김하서전」은 조선 전기의 학자인 김인후金麟厚(1510~1560)를 주인공으로 삼아 민간에 구전되던 이야기를 토대로 창작한 작품이다. 회오리바람에 여인이 쓴 너울이 벗겨짐으로써 사건이 시작되는 도입부의 설정은 이옥李鈺이 쓴 「심생전」沈生傳('천년의 우리소설' 제1권 수록)의 서두를 연상시킨다. 「심생전」의 주인공인 심생이 여인의 모습을 처음 본 순간 자신의 욕망이 이끄는 대로 움직였던 반면 도학자道學者인 김하서는 커다란 심리적 갈등을 느끼다가 주저하며 여인의 뒤를 따라간다. 이 점을 두고 작품 말미의 평에서는 원혼의 억울함을 풀어 주기 위해 하늘이 김하서를 유혹에 빠지게 한 것이라 변호하고 있지만, 실은 민중적 발상에서 저명한 도학자의 인간적인 면을 부각하고자 한 게 아닐까 한다.

•••• 「최원정」은 『고소설』古小說이라는 단편소설집에 실린, 작자 미상의 한문소설이다. 원제목은 '최원정화풍남대설'崔猿亭畵諷南台說로, '최원정이 그림으로 남정승을 풍자한 이야기'라는 뜻이다. '최원정'은 조선 전기의 문인인 최수성崔壽峸(1487~1521)을 말한다. '원정'은 그 호다. 최수성은 김굉필의 문인으로, 조광조 등과 교유하며 사림士林에 명망이 높았고, 시문은 물론 서화·음률·수학 등에까지 두루 정통한 기재奇才였다. '남정승'은 중종中宗 때 좌의정과 영의정을 지낸 남곤南袞(1471~1527)을 말한다. 1519년 기묘사화를 일으켜 조광조 등

신진사류를 숙청한 장본인이다. 최수성은 기묘사화를 목도한 후 관직에 나가지 않기로 결심하고 명산을 유람하다가 1521년 신사무옥辛巳誣獄 때 사형당했다. 간신을 풍자하고 최수성의 높은 절조와 기품을 기리는 과정이 퍽 흥미롭게 그려진 작품이다.

•••「검객 소전小傳」은 유한준兪漢雋(1732~1811)이 1756년(영조 32)에 지은 작품이다. 유한준은 조선 후기의 문신으로, 호는 저암著庵 혹은 창애蒼厓이다. 김포군수·형조참의를 지냈으며, 문장가로 명성이 높았다. 저서로는 문집인『저암집』著庵集이 전한다.「검객 소전」의 원제목은 '검객모소전'劒客某小傳으로, '검객 아무개의 짤막한 전傳'이라는 뜻이다.『저암집』에 수록되어 있다.

이 작품 역시 민간에 구전되던 이야기를 토대로 창작한 '검협전'에 해당한다. 주인공이 제자의 원수를 갚기 위해 찾아온 노승과 싸워 그를 죽인다는 모티프는「이장군전」과 흡사하다. 우리나라의 검협전은 임진왜란 이후 형성된 검술에 대한 관심이 이야기 형식을 갖추게 되면서 산생된 것으로 보인다. 17세기 이후에 창작된 주목할 만한 검협전으로는 이 책에 실린「검승전」,「오대검협전」,「이장군전」,「검녀」가 대표적이다. 모두 짤막한 단편이지만 한국 무협소설의 연원을 살피고자 한다면 반드시 짚고 넘어가야 할, 무협소설의 뿌리에 해당하는 작품들이다.

이 책에 실린 기인·협객의 풍모와 행적은 호쾌하고 흥

미진진하지만 단순한 흥밋거리에 그치지 않는다. 허생의 일갈에서 보듯, 불세출의 재주를 가진 의로운 인물들이 은둔하는 사회란 정상적으로 작동하는 세계가 아니다. 눈앞의 이익에 급급하여 불의와 적당히 타협하며 사는 사람들의 세상 속에서 기인과 협객은 우연한 만남 속에서만 그 풍모의 일단을 내보일 뿐이다. 다중多衆의 '의협심'이 필요한 시대일수록 이 책의 주인공들이 던져 주는 의미가 더욱 커 보이지 않을까 한다.